U0929423

努力是为了不辜负自己

〇沈十六 著

Efforts are to live up to their own

青岛出版社
QINGDAO PUBLISHING HOUSE

目
录
CONTENTS

【第一章】
努力的姑娘自带光芒

【第二章】

青春就是永不言弃

【第三章】

努力，是为了不辜负自己

【第四章】

你总能过上想要的生活

/ 去追寻，那遥不可及的梦。　　/ 去抗争，那不可战胜的敌人。

/ 去忍受，那不可承受之痛。　　/ 去行走，那不可征服之路。

/ 所有你觉得很困难的事情，其实都因为你还没开始认真去做。

/ 那么去做吧，青春大把大把的时间不用来折腾，难道用来发霉吗？

/ 年少时追风逐日，纵情欢歌。

/ 长大些才明白，原来这一生最重要的事情是能追到自己真正想要的生活。

/ 纵有疾风起，人生不言弃。

/ 天会亮，雨会停，生活都是这样的。

/ 给自己一双翅膀，飞过悲伤，到达温暖的地方。

【第一章】

努力的姑娘自带光芒

Efforts are to live up

to their own

美人Carmen

她说，每一个人，每一个明天，都在追逐幸福的路上。
她说，要一直美到老，形象亦是态度。
Carmen的这些话我都铭记在心，一直勉励自己，
不要沉溺在沮丧里，
不要因为年岁渐长而失掉爱自己的能力，
不要在浮躁的世界里丢掉初心，
忘了自己想要追逐的是什么。

1. 不必靠近的吸引

Carmen是个美人，高，瘦，爱笑，眉眼很开，气质偏上。让我想一想，她像谁呢？像演东方不败之前的林青霞。

我第一次见Carmen是在今年2月份。那天我是去面试，上午十点

到达永安里地铁站，出了站给老板打电话，他让我先去公司，他中午才能到。真不靠谱，但我又不能撂介绍我来的朋友面子，还是决定先去公司，等到对方来再说。

我进了公司，坐在一个朝阳的位子，正在四处打量，门开了，进来一个长得很好看的女生，第一眼有些惊艳。她朝我笑笑，穿过过道走进里面的一个房间。我当时就想，好看的女生就是有优待啊，都已经迟到一个小时了，还这么轻松如常。

我等到下午，老板总算来了。他让我写一封情书作为面试题，我写完之后拿着电脑给他看，老板看过之后说你来吧。当时老板的技术团队正在开发一款App（智能手机上的第三方应用程序），Carmen是老板的朋友，友情帮忙，她春节之后就要去爱奇艺入职，其间也接到了腾讯总部的面试通知。我加入的当天就参与讨论到晚上七点。虽然加班，但我对整个团队的印象非常好，尤其是Carmen。

Carmen的思路很活跃，总能想出许多有趣的点子。讨论休息时，她常拿零食给我吃，并坐在一边同我分享许多她觉得对学习文案有用的网站。她眨着眼睛说：“你刚才的思路很对，想法不错。”这让刚刚进入这个团队的我感受到一份肯定。

开会的时候，Carmen一直拿着电脑，一边开着记事本记录，一边上网搜索核实自己的想法是不是正确。她表达想法的时候很有逻辑，语速虽快但丝毫不影响听者理解。我坐在角落里，微微抬头看她，觉得她专注而认真的样子很美。

我加了Carmen的微信，当天晚上默默地拨弄手机翻看Carmen的朋友圈。她发的第一条朋友圈日期是2012年8月28日，有一张她站在香港科技大学门口的配图，那是三年前她辞职去读研究生。

原来，她的表达能力和逻辑思维如此出众，是因为大学四年读研三年，她一直参加外研社的辩论会，还曾去美国、日本、澳大利亚参加过比赛。她原本就很热心，作为学姐常在人人网给一些学弟学妹做指导，三年前，她的主页浏览量就过了15万。她生活得多姿多彩，曾在港科大的图书馆熬夜写论文，也曾在兰桂坊轻松甩掉搭讪的外国人。她喜欢旅行，跟闺密去越南、墨西哥，也独自去台湾自由行。曾在异国街头漫步，也在国内诸多城市行走。她兴趣那么广泛，去游泳、跨栏、攀岩、滑翔，参与所有新奇的事情。

我一边读一边感叹，Carmen的生活多像一场电影，充满了有趣的人和事。但很遗憾，我年前并没有跟Carmen有更多交流，因为提早就买好了票，并跟老板解释清楚是年后入职，隔天就收拾东西回家过春节了。

假期里Carmen建了一个微信群，方便大家讨论问题。当时我们的想法是给App建立出一套体系，做一个像知乎似的问答网站，所以调性要高，又能够吸引一些人来参与。

Carmen想了好几套体系，我最喜欢关于太阳和行星的那套。根据太阳和不同行星的距离来安排一个人的成长轨迹，答案点赞数越多积累的分数越高，作为行星距离太阳也越近，逐渐靠近温暖而散发光芒的太阳。Carmen一直保持着积极思考的态度，对于自己要做的事情都尽力完成。

嗯，也许因为她是处女座。

她曾经说过：“这些年奔波劳碌，步步为营，图的不过是从经济到精神的独立自由。说来精神上种种得来更为不易，也甚少可能如醍醐灌顶顷刻可达。一个漫长而孤独的，痛苦又愉悦的，不断被打破又不断重组的过程在所难免。”

我想至少Carmen想得很清楚，知道自己所做的一切是为了什么，但太多人不知道自己的坚持是为了什么。

我最初对Carmen的喜欢多少有些崇拜，觉得她身上有许多值得我去学习的优点。所以，想要远远地看着她，不靠近，但能够

被她的光芒照耀。优秀的人，尤其优秀又漂亮的女人，身上总是带着一种“只可远观不可亵玩”的气质。所以，我总是远远地关注她的生活。

2. 爱就爱着，奋力去爱；分就分了，不要怨恨

我年后入职，得知Carmen还在香港没有回来。她过去参加一个展，顺便去深圳腾讯总部面试。

我跟另一个男生负责写文案，偶尔给她发邮件沟通想法。大概两周后，老板约了她来公司聊想法。她穿了一件米黄色软料风衣，里面是印花短款连衣裙，搭了一双经典款黑色高跟鞋。

她一进门就把从楼下星巴克买的甜点和咖啡塞给老板，然后从另一个包装精致的袋子里取出进口巧克力和糖分给大家。Carmen笑着说是朋友从意大利带过来的，酒心巧克力的味道最棒，说着她自己挑了一颗含在嘴里。

那天又聊到很晚，四个人在偌大的办公室里开头脑风暴。讲到九点钟，Carmen开始说起一些别的话题调整气氛，她聊起自己的一些看法。当时网上正在疯传吴绮莉对“小龙女”家暴的新闻，我们都不算了解，Carmen翻开一个订阅号，把手机递给我，让我先了解一下。

她开始聊单身母亲教育孩子的事情：“绝不是看起来那么风光，孟母三迁也是个例子，大家都当作励志典范，但童年的那些经历和环

境对小孩子内心的影响很大。孟母剪断织成的布的时候，一定是悲愤的。她一边愤怒于孟子不够懂事听话，期待他能长成自己想象的那种孩子；一边又悲戚于自己没有一个丈夫可以依靠，只能自己揽下所有的事情。单亲家庭的孩子总会比其他孩子要敏感和早熟。”

所以，Carmen对于恋爱和结婚的态度很谨慎。我跟她不算特别熟悉，但也看过许多人送她花。一束又一束，空运、快递、花店直接配送。红玫瑰、白玫瑰、蓝色妖姬，所有花都被她插在一个好看的花瓶里，但她很少跟这些送她花的人约会。她会说谢谢，偶尔也会在朋友圈里调侃，让对方一定要投诉花店，因为包在盒子里的书和卡片都被花朵沁湿了。

我很喜欢Carmen对爱情的态度，爱就爱着，奋力去爱；分就分了，不要怨恨。

我所了解到的Carmen的恋情只有两段。一段发生在她读大学期间，男生在国外留学，所以聚少离多。两个人用英文写邮件，长长的一封，互诉衷情。雅虎邮箱停用的那段时间，Carmen整理自己邮箱，包括工作、朋友交流还有他的邮件，一共一千四百多封。

她生病，对方在远方，只能隔着几个小时的时差和宽阔的海洋说：“你要照顾好自己。”她写不完论文，熬夜完成，室友有男友陪伴，他只能说：“对不起，你写完了早点休息。”当然，他也有陪伴在身边的时候，那些日子是Carmen最快乐的日子。她会因为男友帮她痛骂一个无端指责她的陌生人而奖赏他一个吻，并且在朋友圈里发一段长长的文字纪念。Carmen常笑话自己是外貌协会，并且认真地警告他不要变丑。

我从没有听她聊起自己的恋人，但那些躺在朋友圈里的图片和文字都是最好的佐证，告诉我他们曾那样幸福地相爱。她没有指责过对方，也不会因为分手而删除美好的回忆。

另一段感情是她在香港读研时。那个男人面容帅气，脾气也很温柔。他给她做早饭，芝士腰果三明治；他陪她看电影，听得懂她的俏皮话；他等她下班，也陪她加班；他无微不至地照顾Carmen的生活，亲吻她柔软的黑发，喜欢她纤细的腰肢和性感的锁骨，与她一起把生活过出书里描写的那种幸福滋味。

她说："能与一个人长时间地相处既要气力更要缘分。要见过彼此意气风发，风头无二；也要见过彼此窘迫迷茫，泪水滂沱。这样之后如果还能一起，一定会有最朴素和平庸的快乐。"

那天Carmen的话很多，聊起28岁是不是应该嫁人的事，她说："已经不将就了这么久，为什么要因为年龄增长而开始将就？我身边太多朋友一到这个年龄就充满危机感，恨不得赶快把自己嫁出去。如果只是为了把自己嫁出去，干吗浪费时间读书、工作、去旅行？早早凭着一脸胶原蛋白找个过得去的男人嫁了就是了。但是，既然读了书、有了喜欢且能养活自己的工作、能够自己出国玩儿，那就不要轻易为了物质而选择结婚。你早晚会因为看不惯对方而心生嫌隙，要么一辈子用物质填平怨愤，要么中途放弃、选择离婚。这都不是好结果，那自己再慢慢找着就是了。如果对的人来得晚一点，那我等得起。”

Carmen一直说，无论如何都要做一个忠于自我，善待自我的人。

3. 随心做事，不做木头人

我并没有去找Carmen的人人网，但她偶尔会用略带满足的口吻谈起她在上面的一些事。有次聊天她谈起小学妹：“前几天有个学妹又请教我健身跑步的问题。我猛然回想，这么多年我默默做了无数咨询工作，关于英语学习、演讲辩论、主持、写作、翻译技巧、大学择校、专业选择、学生会社团工作、就业指南、新闻传媒、PR、事业单位行情、情感心理问题疏导、在港生活旅游指南、化妆美白瘦身等，是不是算得上业界良心了？”我笑，点头。

但对我来说，Carmen真人就在这里，哪里需要去人人网留言询问？或者说她真实地活在我的生活里，就是在时时刻刻地提醒我，不要随意地活，不要被现实的污垢埋没，更不要轻易向生活妥协。

4月初，我再次见到Carmen的时候，她正打算从爱奇艺离职。她在香港读研期间也有兼职，一直混迹媒体圈，给《精品购物指南》写稿子；也策划一些媒体活动，曾在天一阁采访过馆长等。她最初答应加入爱奇艺是因为喜欢应聘的岗位——海外媒体拓展，但真正加入之后才发现自己在做的事情是活动策划。这个职位需要她事无巨细，亲力亲为。对于在职场摸爬滚打三年之后，恍然发觉自己要去读个研究生，就立刻考研，从北京辞职去香港的Carmen而言，再次做这样毫无技术含量的工作有些折磨。

她有这样的苦恼是我始料未及的，总觉得Carmen像一个战士一样，永远活得明白且自信。但她却说："我们都一样，当我做选择的时候也会犹豫纠结，等待的过程中也焦虑不安，但我知道总会过去，你听从自己的初心，就会明白哪一个选择是对的。不再惧怕面对这样的时刻，你就已经赢了生活。"

那段时间，我也遇到了一个问题。我在做的文案工作虽然待遇很好、工作轻松，但并不是我真正想做的。偶然接到之前复试过的杂志打来电话，问我有没有意向过去见见大boss（老板），她从国外回来了，而我当时想去的那家杂志职位调整正好需要一个编辑。我没有立刻回复，说考虑一下。后来，Carmen的那些话让我有了勇气。我见了大boss，过程很顺利，她欢迎我的加入。

再之后，我离开了互联网公司，Carmen离开了爱奇艺。

生活看似风平浪静，但每个人的内心都藏着暗涌，它随时把想要轻易投降的人拉进水里，让他们变成没有灵魂的蜉蝣，一生随波逐流。当然，我也知道，能够充满正能量的人是多么勇敢，他们经历鏖战，奋力挣扎，最终游回彼岸。

辞职后的Carmen一声没说就飞去了俄罗斯，她在那里看展、看红场、吃美食，自由自在地享受圣彼得堡的阳光。再次见她，她已经加入了一家在中关村的互联网领域的教育公司。在我的印象里，美而不俗的Carmen总是充满了活力和热情，也总是保持着追逐生活的姿态。

我想，既然已经有了这么好的榜样，那就乖乖写作，好好记录生活中的美好吧。

好姑娘，走四方

> 这世间所有的幸运都离不开努力，
> 你不要轻易羡慕别人的成熟、稳重、举止得体，
> 也许她也曾经幼稚、轻狂、拘谨无措。
> 所以，我总觉得这个世界上应该有
> 另一种形式的能量守恒定律，
> 你从这个地方受了伤，
> 但将会从另一个地方获得补偿。

1. 真好，她一直这么有性格

我和夏苏末认识是因为豆瓣的一个小组。

当时我刚开始在豆瓣上写东西，已经签了新书的叶子禾把我拉入了一个小组，夏苏末也在里面。

大概许多人都是知道作者夏苏末的，她在豆瓣、人人、简书都是红人，写了一个又一个励志真诚的故事。

我骨子里是个挺傲娇（网络用语）的人，对熟悉的人比较放得开，略微陌生的话相处起来就会淡淡的。所以，一开始我在组里并不经常说话，只有跟叶子禾互动的时候会比较积极一些。

那个写作小组的本意是为了讨论如何写作，每个人写了新稿子都会发出来让大家点评。最初每个人还会或多或少提一些建议，但到后来，每个人都客客气气的，只点赞不点评，这稍微有些偏离大家聚在一起的初衷。

后来，夏苏末因此退了组。

而我却因为这件事跟她慢慢熟悉了起来，两个人经常私下聊天。因为我知道她是从心底里喜欢写作的人，不愿意有丝毫功利的心思。

这对我来说，是莫大的吸引。

那段时间已经是暮春，天气干燥得要用加湿器。我接连收到杂志约稿和合集授权书，内心关于写作的种子在日渐发芽，那时候苏末在准备自己的新书，已经写了大半。

她说："八月份新书就会完稿，到时候要找一份短期的工作。"我才惊觉，原来她是在全职写作。

说起来那是我和苏末第一次认真聊天。之前我也看她写的故事，也知道她去年出的新书《将来的你，会感谢现在不放弃的自己》卖得很好，算是个畅销书作者。我总觉得这样优秀的姑娘距离我有些远。

她说自己其实是个很不会圆融的人，与人沟通交流起来总是直来直去，略显得莽撞：“活了小半辈子，还是这个样子，虚长了岁数。”

而我却觉得她这样真实自在地活着挺好，不必为了讨好别人伪装或委屈自己。

一个人不戴面具地活着，没有比这更困难的事情了。

我那段时间刚从一家互联网公司跳到杂志社，而之前进互联网公司也算是跨界了。苏末的一个朋友打算从传统出版行业转行进互联网，就找我商量。

我将自己的经历讲给她听，并让她朋友分析自己的定位和优劣势，互联网公司看起来水涨船高，行情大好，但个中滋味只有当事者才知道。

她有疑问，我尽力解答，但我从不刻意去联络她。可能就是那种，她比我高一个段位，如果我主动去贴她，自尊心会受伤。不过，苏末是一个非常容易相处的人，跟熟悉的朋友在一起就像个话痨。

2. 能触动人心的才是好故事

6月初的一个清早，我刷豆瓣，被苏末的一篇文章感动得难以自持，一个人抱着手机站在公交车站哭着刷卡上车。早班车拥挤得像真空包装的压缩饼干，我提着一口气才能勉强贴在角落站好。

那篇文章叫《有一天，当你和温暖的自己相遇》。我换乘到地铁一号线上，才腾出手打字，一个字一个字地给苏末写豆邮，跟她讲我自己的故事。

我突然觉得，我和苏末会成为好朋友，是那种无话不谈的好朋友。

故事里的她有些让人心疼，小小的她，孤独地蜷缩在自己的世界里奋力生长。

苏末从小被寄养在外婆家，从童年到少女，她一个人感受着来自周遭不够友善的气息。家里人忙，顾不上照顾她。她从小挨饿哭泣、担惊受怕，长大后又融入不到亲生的家里。暴君一样的父亲，总觉得她样样比不上优秀的姐姐，而敏感自卑的她，总被这些看似不经意的言语刺伤。

苏末和老夏的关系最紧张。她觉得自己永远得不到他的肯定，所有交流都固定在激烈的争吵和平淡的招呼之中，再也没有更多的了。

“他说我智力不行，底子上跟姐姐没法相提并论，完全不在一条起跑线上。他继续在饭桌上数落我的各种缺点，我不服气，也觉得委屈，最后情绪爆发，跟他大吵一架。”

苏末写道：“那是记忆中，跟他最激烈的一次争吵，也是最严重的一次争吵。我向他吼，‘我知道从头到尾，你从来都是看不起我！’他瞪着双眼，脸因怒极而涨得通红，‘你有什么能耐让我看得起？’”

自那之后，苏末选择了离开。对她来说，最好的逃避是与家隔着安全的距离。

她说："如今回头去看那一段时间的我，那些场景，那时的心情，那种受到一众亲戚长辈照顾的自卑，在他们的说教和指挥里小心翼翼企图得到夸奖得到认可的焦虑，不管我怎么做，做什么，总感觉背后都存在着一样打击的疼痛感，我至今也忘不掉。我承认，在那段时间里，我用力过度，我害怕失去仅有的全部的珍而重之的东西。"

我似乎能够感受到她的焦躁、无措，那厚重而浓烈的自闭情绪，在不断地冲击着她的身体。

她写的时候文字冷静克制，并没有刻意煽情，但我能想象重新回忆需要多么大的勇气。苏末说："我边写边哭，直到最后一个标点我才平静下来。突然特别难受和委屈，但文字让这些都变成了过去。"

好在，故事的后半段是与生活的握手言和。

不久之前，苏末的妈妈生了一场重病，那段时间她得知了许多在记忆里蒙尘的往事，无人告知，它们被掩藏在最孤寂的角落里。

苏末的妈妈说，刚生下苏末不久，老夏就查出了脑部肿瘤压迫视觉神经，肿瘤长得有些偏，手术成功率很低。老夏绝望而悲伤，从上海检查回来，脾气变得很差。整个家庭乌云盖顶。

苏末的姐姐就是在那段时间突然长大的，她变得懂事乖巧，学会了察言观色，而苏末还住在外婆家，并不知道这些事情。

等到这些事情都过去，苏末回了家里，却觉得自己与那个称为家的地方格格不入。

所以，敏感产生嫌隙，隐瞒加重隔阂。

唯一庆幸的是，人都会长大，时间能够消弭和化解许多曾经以为是鸿沟的疏离。

那天我写完豆邮，背对着身边的人泪流满面。每个人的故事里都有似曾相识的经历，那个小小的自己，那个敏感而自卑的小女孩，那个曾与家人决裂远走他乡的姑娘，我很想停下来抱抱她。

那个故事对我的感染多于我现在所能描写出的所有文字。

从那之后，我开始对苏末有种敞开心扉的喜欢。

3. 那些标题，不过是努力过留下的痕迹

我曾问过苏末为什么会想要写故事。她说，因为心里有许多需要纾解的东西，写作是一个出口。

所以，她写个人经历，写身边的朋友，也写那些让人觉得励志的名人故事。而每一次先击中我的总是她的标题。

凝练，易读，一针见血。

我夸她标题，她却说那是练出来的，没有什么值得说的。

夏苏末原本不叫夏苏末，至于叫什么我并没有多问。苏末比我大一些，从她十九岁发表第一篇文章开始，正式写作已经十多年了。

她最初写少女期刊杂志，都是一些适合青春期读的爱情故事。不过一年时间她就在那个领域站稳了脚跟，后来越写越顺，也接了几个期刊的专栏。

“取标题就是那段时间练的。编辑做大选题，我报小选题，有合适的就写，但并不是随便写，期刊要求还蛮严格的。标题是重中之重，自然花了很多功夫去修改总结。”

但苏末的家人并不支持她写作，总觉得那是不够稳定的雕虫小技。那段时间家里发生了许多事，她为了不让家人担心，中途放弃了写作，安稳地过了几年朝九晚五的生活。

但，她还是忘不了写作这件事，总觉得自己最喜欢的就是记录故事，那种将文字写出来的流畅感让她身心欢喜。

就在她停滞的这几年，跟她同期写作的人多半成了畅销榜上的作家。无论是《花火》杂志的主编小狮、《一粒红尘》的作者独木舟，还是短篇小说作家语笑嫣然，他们都已经在写作这条路上找到了自己的方向。

苏末却在写作的上升期退出了。

在每个人都希望成为人气作者的当下，别说是崭露头角的新人，就算是曾经风光无限的知名作者，一旦离开，很快就会被人遗忘，这是再清晰不过的事实。

但她还是选择回来，换了笔名，重新在豆瓣网、人人网上写故事。

那段时间她过得并不算好，辞了职，窝在昌平的城中村里全职写作，偶尔跟图书公司的编辑约见，可之后总是不了了之再无后续。

她为了生活，只好挣扎在豆瓣小组里接枪手稿，无数个夜晚对着屏幕码字，靠着这点虚张声势的忙碌，支撑着自己所谓的成就感。

无论心底多失落，但她在出门的时候都会涂上口红，不让自己看上去太狼狈。而且她每次打电话给家里报平安，都会竭力隐藏自己的失落，佯装无所谓地跟家人聊会儿家常。

我听她讲起这些的时候，心会隐隐地疼。那些不为人知的分秒，是曾经冰冷异常的过去。

苏末在那样的时候完成了自己的第一本文集，四十个故事，四十种生活，不同的人在面对不同问题时候的选择。

那里面应该有她自己的生活经历吧，经过时间淘洗的金子，终究会发光的。

其实，我们都知道没有人是无缘无故就成功的，那些你看到的光鲜，背后总有许多故事在支撑。

你看到了精彩的文章，但你没有看到深夜不睡，还在纠结怎么结尾的她；

你看到了她有众多铁杆粉丝，送她礼物，给她加油，但你没有看到当粉丝失落跟她求助的时候，她是怎么抽出时间回复的；

你看到了她拿到国内两家知名出版商的合约，但你并不知道她用了多久花了多少精力才完成了一本看起来很棒的书……

我和你一样，看到了许多表面的东西，但我比许多人看到的更多一些，所以我知道她有多幸运就有多努力。

4. 勇敢走下去，不要停

其实，我打算写苏末的时候，并没有和她见过面。几个人都是在网络上熟悉的。

这真是一个复杂又简单的世界，人可以迅速地认识一个陌生人，也会对她生出好感和信任，然后会比周围朝夕相处的同事更亲近。

我对苏末就是这种感觉。

七月份，苏末在线上给我留言，说她接到了中国人民大学一个女生组织的邀请，希望她能够到她们学校演讲。

不久前，八月长安曾经去过。对于一个作者来说，那是读者的肯定和支持。

她像一个小女孩一样来问我：“十六，我觉得自己沉淀得不够，心里很忐忑，到底要不要去呢？”

我说：“苏末，你不要这样。你已经很优秀了。”

“我在熟悉的人面前还好，但在陌生人面前会紧张，说不出话怎么办？”

“你就把大家当作蔬菜啦，电影里不是这么演的吗？主角一紧张就会想象自己是在对着大萝卜说话。你不要紧张，放心，你一定可以的。”

她犹豫了一会儿，说：“可是……”

我立刻回复：“别可是啦，你一定可以的。我去给你捧场。”

她就是这样生怕自己不够好，辜负了喜欢她的人，可她不知道，在努力做好事情这条路上，她从未辜负任何人。

在那之后，一家做化妆品的企业联系到了苏末，想找她做运营和文案工作。

我曾经接过一份兼职，是做家装公司的互联网文案，就是写一个相关稿件发在渠道上。苏末觉得自己在那方面没有经验，就找我商量。

她害怕自己做不好，其实，别人既然找她就是相信她有那样的能力。

其间，她还约了倾心蓝田，打算在中秋前一天聚一下。

那天苏末到得比较早，她穿了一件白色连衣裙，头发不长，皮肤白，并不高，但整个人有一种安静的气质。

那天我们几个人先吃了午饭，之后又去了动物园咖啡馆，整个过程聊了许多话题，每个人都意犹未尽。

我们的相识终于从线上移到了线下，这有点落地的感觉，好似更真实了。苏末跟在线上很像，偶尔孩子气，偶尔又很成熟，身上有种清风徐来的味道。蓝田思维很活跃，比照片上要瘦很多。

关于文案的事情，我们仨并没谈太多，倒是讲了许多写作的事情。

我和蓝田一直在鼓励苏末："你已经很好了，继续写下去就好了，不要担心自己的实力。"

"可还是觉得不够呢。我遇到了几个很好的编辑，她们一直在鼓励我，也告诉我我这一年来进步很大。我每天保持看两三篇名家散文，也一定会练笔，并不停地提醒自己思考。写作没有捷径，但如果真要说捷径的话，努力算是其中一个。"说完，她看看我们自己先笑了起来。

苏末最新的计划是写一个女性婚恋长篇。暗黄的灯光下，她坐在靠墙的角落里，找了个舒服的姿势，给我和蓝田讲了她的人物设定和框架，我们听完之后都非常喜欢。

我想，苏末又找到了新的方向，她已经不仅仅是个会写励志文集的姑娘了。她将转型，将更成熟，将用自己最擅长的文字为更多人编织美好而治愈的故事。

但苏末最让我佩服的是，她拥有将伤痛变成经历的能力。

那些看似过于锋利的回忆，都成了如今成就她的砖瓦，一块一块拼凑出完整的夏苏末。

或许，她还有些不够自信，不够放得开，但擅长写作的她，一旦拿起纸和笔，就仿佛变身成了战神雅典娜，不会担心生活中遭遇的阴雨，也不会把生活放任给黑夜，她会给自己撑一把伞，也会用笔尖划破黑夜看见黎明。

这个擅长自我治愈的姑娘，就是夏苏末。

董小姐，你才不是个没有故事的女同学

我认识董小姐的时候，
还不知道宋冬野有一首歌就叫《董小姐》。
的确，董小姐不是一个没有故事的女同学。

1. 安静的董小姐

认识董小姐的夏天，我18岁，董小姐21岁。

高考呼啸而过，我希望从家里沉闷的空气中挣脱，开始在街头晃荡着找暑期工作。董小姐的姑姑是美籍华人，在沂州路投资了一家叫西海岸的咖啡厅，董小姐在里面帮忙做收银。而我恰好去了那里应聘。

董小姐的声音很温柔。我仔细地打量她，有172公分，娃娃脸，单眼皮，长得很像邻家姐姐。

她问我："你会收银吗？"

我望着她的眼睛说："我可以学。"

"那你什么时候可以来上班？"

"明天就可以。"

"那你明天来上班吧。"

最开始见董小姐的时候，她还很瘦，能将一身黑白配的工装穿出优雅的味道。我曾问过她，为什么会那么快就留下我。她笑了笑，倚靠着收银台后面的墙，没有回答我。

她高中毕业之后，就没有再上学。其实曾考上过一所大学，但不是喜欢的专业，所以撕了录取通知书。董小姐喜欢写作和画画，偶尔会给杂志投稿。

她很喜欢安静地发呆。我不止一次看见她像灵魂出窍一样，静默地站着一动不动，眼神是放空的，好像她与我并不在同一个时空。

我叫董小姐师父，因为她教我收银。那是一项简单、琐碎而又枯燥的工作，收钱，找零，记账，去银行存钱并换好零钱。我做完这些可能一天的工作就完成了大半。

夏天很热，街上的人都随意地穿着短T恤和热裤，也有男人半扯着汗衫露出喝啤酒撑大的肚子。

我喜欢透过木质菱格门的玻璃看外面街道上行走的人。他们的表情、动作、走路的姿势，这些都是我每日清闲时刻必看的剧目。

在我看行人的时候，董小姐通常在数钱。打开收银机，哗啦啦地倒出硬币和零钱，按照顺序捋好，然后数一百的大钞。她点钱的速度很快，瘦长的手指一张一张快速地点过钞票，像是绣花一样漂亮。

我问她："你注意到斜对面的广场上有个男人卖气球吗？很帅的那个。"

她没有抬头，把数好的钱收好，并在收银的本子上记录好。我趴在柜台上等她，隔了好一会儿她才心不在焉地说："没有注意，你喜欢气球吗？"

我点点头，又说："我很好奇他为什么会卖气球啊？也许会有什么好玩的故事。"

董小姐一刻也没停下，一边忙着收拾台面一边对我说："每个人都有选择的权利，也许他就是喜欢摆摊卖东西，跟他有没有故事没有关系。你不了解对方生活的时候，不要随意揣测，这可能会影响别人的生活。"

我嘟着嘴很不乐意，只是随口说说的问题怎么能上升到尊重不尊重呢？

董小姐看了我一眼，扑哧一笑。她牙齿不好，总戴着不知道什么材质的透明牙套，偶尔一笑就会露出来，所以她很少笑。

我见她笑了，有些惊讶，但扭捏地不理她，自己拿着一个白色抹布去擦柜台。

她又呵呵一笑，说："我不是故意说你，也是在告诫我自己。我给你讲个故事吧。"

2. 年少撕扯的时光里，我们都曾想过不告而别

原来在我认识董小姐之前，她刚结束了一段很久的恋情。

那是董小姐的初恋，从她16岁的夏天开始。男生比董小姐大5岁，或许就像梁静茹《勇气》里唱的那样："爱真的需要勇气，来面对流言蜚语，只要你一个眼神肯定，我的爱就有意义。"

两个人的感情很好，男生对她体贴照顾，她也全身心地觉得幸福。

她在七中读艺术，美术功底很好。男生下了班会去画室看她，董小姐常常让他当模特。她画得很仔细，眉眼唇角，都细细地描摹。男生宠溺地看她，等着几个小时后董小姐说一句画好了。

董小姐画完素描天已经黑了。男生会牵着她的手带她去两个人常去的小店吃晚饭。点一份酸菜鱼和一份小炒青菜，微微泛黄的灯光下，男生为她挑鱼刺，然后把挑干净鱼刺的肉夹到她碗里。

董小姐挑食，鱼肉她会吃，但一到要吃青菜她就放下筷子表示抗议。那绿油油的青菜好似是她的劲敌，叶面上泛着的油光也成了挑衅。男生会很温柔地劝她，仔细地把调味的辣椒和葱花拨到一边去，然后夹一筷子喂给她吃。

董小姐皱着眉头很不乐意。但男生总会有办法，他捏捏她的手心，告诉她吃完了这些青菜就陪她去看一场电影。董小姐眨眨眼，像小孩子一样用不乐意讨到了大人的让步。

17岁的时候，她与男生大吵了一架。那次吵架的原因她已经忘了，但是过程让她伤心欲绝。

她不去上学，整日躺在家里的床上、沙发上、地板上。吃很少的东西，几乎不与人交流。她脑海里有一个狰狞的声音，告诉她快点离开这座城市。这里让人窒息。

她试探性地问父亲：“如果我离家出走了，你会怎么办？”

父亲极其认真地告诉董小姐：“第一天在家里等电话，满48小时后报警。”

这样的回答出乎董小姐的预料，也震荡了她被爱情刺伤的心。

好在没过多久，男生就主动来找她认错。两个人又和好了。但董小姐的恋情并不被看好。在我们那样的小城，这虽然不是什么新闻，但足够成为别人茶余饭后的谈资。

时间越久，他们就遭遇了越多的流言蜚语。只有十几岁的董小姐深受困扰，她内心敏感而执拗，开始拼命地用折腾对方来验证男生是不是爱自己。

她害怕失去他，却不知道这种害怕真的让自己失去了他。

男生对董小姐说：“你太倔强尖锐了，我并没有不爱你。但我太累了。我想要更平静的生活。”

他选择了和一个董小姐也认识的女生在一起。那个女生是温柔顾家的类型，笑起来有浅浅的梨涡。

董小姐哭了。20岁的她还很难释怀，为什么一个深爱着的人会突然告别。她一个人待在家里，枯坐一夜，不吃不喝。父亲硬拉着她到姑姑的咖啡店里做收银，让她开始新的生活。

董小姐讲完敲了一下我的头，说：“快干活。”

我突然间理解了，董小姐长久的出神或莫名其妙的发呆。从那之后，我还是很喜欢透过玻璃去看行人，但很少去说些什么。

我开始观察董小姐这一天笑了几次，有没有突然地愣神，工作的时候是不是全神贯注等。

她开始偶尔约朋友吃饭，在淘宝买水蓝色的雪纺长裙，也开始跟我一起吃青菜和胡萝卜的健康简餐。只是她的黑眼圈依然很重，睡眠质量不好，休息的时间少之又少。

我没有再问过董小姐初恋的事情，但在她的变化里大概知道，她的伤口在慢慢愈合。

3. 你送我离开又接我回来

上午十一点前和下午两点后是没有什么客人的，这时候我会和董小姐靠在收银台后面的墙壁上闲聊。咖啡厅的灯光有些暗，空调很足，让人有倾诉的欲望。我低头摆弄本子，她抽过去看了看，笑着问我：“你写的？”

我有些难为情，但点点头。

她说：“我也写字，曾发表过一些。最近遇到了瓶颈，有了无数

个故事的开头但无论如何都没有办法平静地写下去。”

我心里掀起一股巨浪，好像武侠故事里刚出山的小徒弟遇到隐世高人的心情。我尽力控制自己不要显得太直愣，问：“那我可以看看你写的东西吗？我知道自己写得不好，想要学习。”

董小姐很爽快地说好。

那是一篇关于杀手和花魁的爱情故事。董小姐文笔比我好，她已经到了舍弃华丽的辞藻，开始描写情节的阶段，而我还停留在写自己小心思的时期。

那个故事的打印版我现在还放在家里的书架上，A4纸已经泛黄，每次读都会想起许多事情。

暑假很快就过去了，我在开学前一周辞职。

董小姐说要送我，她想要带我去吃很棒的过桥米钱、韩国烤肉和快餐。董小姐说：“那些都是我喜欢的食物，我想把它们分享给你。”她骑着“小绵羊”载我，从城东赶到城西，从下午吃到晚上，吃到九点钟还打包一些带去了KTV。

她知道我喜欢陈绮贞，点了她所有的歌，一首接一首地听。播到《旅行的意义》的时候，她拿起话筒说：“这首歌我要送给你，希望你喜欢。”

我现在回想起来那一天都会笑起来，肚子撑得鼓鼓的，但还是一家一家吃完。董小姐唱完那首歌，我是哭了的。总觉得自己能够带给她的很少，但她却赠给我那么多快乐。

大一开学，我在学校里过得忙忙碌碌，总算不是在荒废。

放寒假，我乘拥挤的火车回家。凌晨4点到站，我突然不想先回家，就联系董小姐："你能来接我吗？"

她想都没想，就直接回："可以啊，车次，时间，我去接你。"

冬天的小城很静，接站的人不多，站口都是夜班的出租车司机。我拖着行李箱，没走几步就看到了高挑的董小姐。

她戴着帽子和手套，穿一件米色的厚外套，骑在"小绵羊"上等我。

我三步并作两步跑过去，拥抱她，对她说："谢谢。"

她骑车带我回家，夜风贴在脸上，像冰凉的面膜。我裹紧大衣，搂着董小姐的腰。她有一搭没一搭地问我一些问题。

我精神抖擞，恨不能将这半个学期的事情全都告诉她。

那是我第一次去董小姐家，三室一厅，她和她爸一起住，对了还有一只叫冰淇淋的白色小狗。

董小姐的房间不算很大，一张双人床，两个衣柜，书桌上放了一台电脑，然后就是琐碎的东西。她的木质地板上散落着许多书和画废的稿子，我拿起几幅展平，上面是没有画完的素描人像，全部是一个面目清秀的男生，他有一双好看的眼睛。

我很识趣地没有问什么，但发现董小姐还是没有完全忘记他。

简单收拾之后，我躺在董小姐的床上睡着了，一夜无梦，睡得极好。

早晨，她带我吃早点的时候问起我还有没有在写字。

我点点头，认真地说：“我越来越觉得自己写得不好，很想找人指导，但没有找到合适的人。”

我睁大眼睛看她，董小姐抿嘴一笑，说：“我帮不了你。因为我自己都处在写不好的阶段。不过，你可以多读读那些你喜欢的文字出众的人的文章，会有收获。”

过了一会儿她问我：“你喜不喜欢看《萌芽》？”

我说：“嗯，还挺喜欢张悦然和金国栋的。”

她说：“我那里有几十本《萌芽》，你带回去看吧。不要单纯地看故事，也开始分析一下文章的结构和脉络，读得多了你应该会有收获。”

清早小吃摊上的烟火气还没散，我们就散着步走回小区。那天我打车抱着九十五本杂志回了家，整个假期都沉浸在阅读里，我专门找了一个本子抄写文章，成篇成篇地抄，把我所有认为写得好的都记录下来，好些段落直到现在都还能背出来。

4. 恋爱了又失恋了的董小姐

2012年寒假，我回家后约董小姐喝茶。

那天她穿着大红色的斗篷，头发烫过，整个人看起来非常漂亮。那段时间我失恋了，心情很差，其实并不愿意见人，但我很想念董小姐。

没聊多久，她就跟我说：“我恋爱了。男生比我小一些。”

我很惊讶，但还是安静地听她讲话。

故事的开始带有浓厚的戏剧色彩，两个人住在一个小区，但在那天之前从没见过。董小姐家里养了一只白色的小狗，她下午出门遛狗，遇见了同样在遛狗的石先生。两只小狗玩了起来，两个人自然也就聊了几句。

董小姐在素不相识的人面前很少说些什么，但那次很奇怪，她觉得对方的每一句话都能get（理解的意思）到她的点上，不知不觉就跟对方聊了很多。

后来，石先生约她一起遛狗、喝咖啡、吃饭，再后来他问她：“你愿意做我女朋友吗？”

董小姐考虑了很久，一开始有些犹豫，她一直相信爱情，也深信自己可以找一个相伴终老的人，但从没有考虑过这个人会比自己年纪小。

她想象过，对方应该是个成熟稳重的人。

石先生猜出了董小姐的心思，他说：“没关系，我可以等。等你毫不犹豫地答应我。”

其实，石先生是心理年龄比实际年龄成熟的那类人。他比当时已经辞职，做自由职业者的董小姐要更适应生活。

后来，两个人自然而然走到了一起。

我很为董小姐高兴，想着她终于有一段安定的能够持续下去的感情了，这本身就是一件值得庆祝的事情。

石先生对董小姐很好。她曾在日志里写过："我在他面前，就是一副孬种、不讲理、刁蛮、赖、讹人、恶霸、地主爷的样子。我向来是急脾气，一点就着。许多时候会因为旁的事与物，嘭嘭嘭地对着石先生发火。他从来都不生气，从来都是纵着我、惯着我、包容着我，娇惯得不像样子。用他的话说，把我惯坏他就得手了，惯得再没有别人能受得了我，我这辈子就难逃他的手掌心了。"

那一天，我也见到了石先生。他从另外一个地方陪父母吃过饭特意赶来，只因为董小姐希望他能见一见对她来说很重要的朋友。

石先生是一个很简单的人。他很细心，只想照顾好所有人。每月特殊的小日子嘱咐董小姐不要贪凉，平时多喝热水，下雪天大早起来为她买早点，同时忘不了给董小姐的父亲多带一份，提醒她及时看牙医复诊。就是这些细枝末节，让人能真实地感受到对方的冒着热气的关心。

董小姐说，从她十几岁知道爱情，就想着和一个人恋爱、拥抱、接吻、结婚、生孩子。她不知道人生能有多久，一辈子能有多长，但是，在她的认知里，生命有多长，爱情就应该有多长。

但这段爱情在持续两年之后，戛然而止。

董小姐并没有给我讲过原因，但我想，那应该是一件让她的身心很痛苦的事情。很难想象刚失去这段爱情的那一个月，她的世界到底是怎样的昏天暗地啊！

或者就像我看到的那样，她已经成长到可以很平静地面对了。那么平和静默，不再与生活歇斯底里地抗争，不再把自己的痛苦不断放大，不再那么孩子气。

她早已经好了。

一个人吃饭，一个写字，一个人画画，一个人生活。

董小姐把那些爱情和过往储存在记忆里，然后重新赚取新的能够储存的东西。

我曾问过她："你对之前选择的生活有没有后悔过？"

她说："我可能过得不够好，或者在一些人看来很糟糕，但我觉得它就是属于我的。它教给我许多事，留给我很多可以回忆的人与事。顺遂固然很好，但如果人生坦荡如平原就有些无趣了。我可能还会经历很多变故或看起来不够好的爱情，让我觉得难过，需要时间治愈，可我觉得那并不是坏事。至少，那些日子里，我是在热气腾腾地活着，感受着每一天。"

她的特立独行，带着一往无前的勇气

> 有一种友谊可以一直不远不近，
> 恰如其分。
> 你不需要靠近对方，只需看着她，跟随她，
> 然后打开另一扇通向不同世界的门。

1. 她冷静而克制，像洒在水面的一捧月光

“从辩论赛夺魁到报社已死，从自闭症机构义工到技能大赛官网记者，像有无处不在的魅影将我们串联起来。沈十六，我大学里认识的第一个还算志同道合的朋友，也是唯一一个。一起认认真真做过事、聊过三观、谈过理想、有过分歧的朋友。”

“不是所谓的闺密，因为彼此始终保持着不远不近的关系，甚至算不上知己。在她眼里，估计我是个格外随意的家伙，真正做到了想

来的时候立刻就来，想走的时候不说再见。可是她离不开我，一如我离不开她，因为谁的世界都少不了一个陪你聊莫须有的人。”

以上两段，是小诗对我们友谊的一段描述，我曾仔细地读了许多遍。的确，我离不开小诗。说起来你可能不相信，是她让我看到另一种人生，自由的、克制的、随心所欲的、重情重义的，所有这些都来自一个女生，一个短发、消瘦的女生。

我在新闻3班，小诗在4班。我们专业大课都一起上，经常会遇见。第一次见她的时候，就觉得她很不一样。短发，脸很小，眼睛很大，瘦瘦小小，穿一身紫色的耐克运动装，白色或黑色的运动鞋。整个人透出一种带着距离感的清爽。

我和小诗真正熟悉是因为学院辩论赛。那是第一届“鹤鸣杯”辩论赛，规则很奇葩，不分年级，不同科系之间混战，小艺（学姐）、小诗、灏哲还有我，四个人披荆斩棘，一路杀到决赛。整个2010年的12月，我们都在准备辩论赛中度过，准备问题、翻词典、找大学辩论赛视频观摩、相互聊自己的看法和见解，每天急匆匆地吃饭、洗澡、睡觉，生活变得忙碌而充实。

我和小诗轮换着做二辩和三辩，每天为想问题、反驳问题而焦虑。年少时总认为自己缺少了应事的从容，到后来才知道那份着急是源于对当下事情的足够在意。

小诗对辩论赛显得很平和，思维活跃，想的问题直接而尖锐，很多时候都让人觉得锋利，透出一种冷剑出鞘的寒意。我应该是那时候开始真正注意小诗的吧，感觉她的逻辑思维能力能够催促我这种“感性起来就完全没有思想”的人去认真思考。

12月中旬，转眼决赛就到了。那一晚我穿着借来的黑色西装，和小诗他们在教室里合影，彼此鼓励说尽力就好。坐到位置上的时候，我手心里冒出汗来，小诗坐在我旁边，她说：“别紧张，大家都一样。只要把准备好的问题都问出来，一切顺其自然就好。”

礼堂的灯光调成微微的亮橘色，我已经记不清楚所有的提问和回答，但我记得当主持人宣布我们获得第一名的时候，大家脸上快乐的笑容。

这成了我和小诗“捆绑”彼此的开始。她是个非常随性的女生，辩论赛没多久，我在食堂遇见她。她问我：“我们在办一个报纸社团，你要不要一起来玩？”

我说：“好啊。”

然后我们聚集了另外四五个人，一起开会，小诗整理申报社团的资料和章程。我负责编辑部，从社团招人开始，一个又一个晚上坐在教室里跟不同的人聊关于记者的故事。

小诗是总编，最开始的时候非常热络地组织，但后来渐渐游离于社团之外。我有一个折页本子，记着所有社员的名字、系别、年级、联系方式，但渐渐地，那些名字一个接一个被划掉了。那段时间，见到小诗她常常不说话，沉默的样子有些孤僻。

社团没有经费，出一期报纸非常费力，那时候好像就开始众筹了，但效果并不很好，只出了一期就再也难以负担。社团里有了不同的声音，想把严肃理想的报纸切割一半，用来拉广告赞助，至少要维持下去。渐渐地这种想法得到了大多数人的赞同，但小诗闷闷不乐。

后来小诗说：“很不好意思，社团并没有按照原来的样子办下去。它应该还会继续存在，但我决定退出。想做的事情应该去做，如果个人意志改变不了现状，我不愿消耗，所以选择离开。”

我有些愣住，但知道这是她考虑后的决定，不挽留，并对她说：“我原本就是因为你才加入的，也觉得越来越没有意思。我也退出吧。一起。”

她没有说什么，我们就这么各自离去。不需要些许寒暄，亦不用过多告别。

小诗看起来有一股子特立独行的味道，有些难以用语言讲清楚，总是让人觉得特别不同。

2. 我猜，她写文章的时候一定很生气，生气于那些不够尽责的志愿者

2012年的春天，我和小诗碰见，站在路边闲聊。她问我：“你知道自闭症吗？”我点点头又摇摇头，对自己理解的自闭症不太自信。

她推荐我注册个微博，并把蔡春猪的《爸爸爱喜禾》这本书借给我看。我的阅读速度很快，但那本书我读得很慢。一行字一行字地

读，笑中带泪。蔡老师是个很有幽默感的人，他将自己与儿子喜禾的生活写得很用心用力。那是我第一次知道自闭症儿童，一个与这个世界无法沟通和交流的孩子，属于星星的孩子。

那段时间，我注册了微博，关注了@爸爸爱喜禾、@星星雨自闭症机构，浅显地了解了一些关于自闭症的知识。

有一天，小诗突然问我："你想不想做自闭症儿童机构的志愿者？"

我点头。

她说："和平区有一个童之舟自闭症儿童机构，咱们一起申请做志愿者吧。"

我们遇见了黄主任，那个机构的发起人。她的孩子舟舟是自闭症，后来为了帮助更多像舟舟一样的孩子，她就和丈夫一起办了这个机构，聘请专门的老师，只需要付基本的康复费用，就可以帮助自闭症孩子做训练治疗。但自闭症无法治愈，只能坚持治疗。

我和小诗每周三没有课，就步行到距学院很远的一条街上坐851路公交车，早上八点，跟一群上班族一起挤公交。那是一段很单纯快乐的日子，现在回想起来，很想念翟小辫和子熠两个孩子。

我是个惧怕和孩子在一起的人，总怕他们太吵闹，拥有无限的精力，对这个世界充满好奇。但这些患有自闭症的小朋友，很少愿意说话，或者像子熠从来没有说过话，他也从来没有叫过爸爸妈妈。

小诗和我总会聊一些"生个健康的孩子就很好了，不能要求再多，要知足”的话题，那时候关于疾病、误解、生命的脆弱、家庭、社会责任，我们聊了一遍又一遍。她总是在聊天的时候，推荐我去读一些书，看一些人，并且会聊起以后想做什么。我开始认真地考虑，自己以后到底想做什么。

我们在童之舟坚持了一年多，并不是每周都去，但只要有时间的周二下午或周三全天都会过去。上午跟老师和家长一起陪孩子做互动游戏、跳舞、唱儿歌，十点钟给小朋友吃水果，十二点钟陪他们吃过午饭，给他们铺床睡觉。下午做一些身体锻炼，蹲起、抛球、走平衡木。我会因为小朋友拥抱了我或者喊我一声姐姐而开心得跳起来，并且常拉着小诗说：“你看到了吗？刚才翟小辫亲我了。哈哈，竟然愿意亲近我了。真好。”

最让小诗感动的细节是我们最后一次去童之舟，子熠竟然能发音了。真的，就一个简单的音节，已经足够让关心他的我们高兴许久了。

我们一点点地因为这些事情靠近，越来越知道彼此的想法。也是那段时间，我知道小诗其实是一个很有脾气的人。

她常在微博上发一些关于自闭症的知识。4月2日，世界自闭症日。

她曾写了一篇文章，里面写道：“我在天津的一家自闭症康复机构做无组织无纪律的志愿者，我没有加入任何义工团队，没有固定的时间，只是抽空去那里看看孩子或是在微博里普及自闭症知识。我说的仅仅是我看到的。一次活动，我受机构老师邀请去做志愿者，到了那儿我就傻眼了，成群结队的志愿者站满了活动室的各个角落，时不时摆弄着相机，全然不顾孩子的正脸是不是上了镜头。这一切就像是一场闹剧，孩子们不过是伪善的人们表演时的道具。”她的文字那样直接而辛辣，对世界的诘问也铿锵有力。

我常常感叹，如果没有小诗，我可能不是那些志愿者中的一员，不知道如何真正地与自闭症患者相处，不知道什么是自闭症，不会理解自闭症家长的心情，不会意识到这个世界上还有许许多多的弱势群体需要我们关注。

3. 关于奔赴，总是一场又一场的离别

再后来，我们又因为技能大赛产生了许多交集。

2012年5月，学院挑选了30个人分成6个小组，做技能大赛的报道。每组5个人，包括编导、摄像、摄影、主持、后期剪辑。

小诗是编导，分在第二组。我也是编导，负责第六组。大赛开始之前，我们有一个多月的培训课程。学院找了平时授课很好的老师，抽时间组织全员补课。一个个在渐渐热起来的教室里，不停喝水、扇扇子、交头接耳。

那段日子，我和小诗再次聚在一起。因为2011年我参加过一次大赛的报道工作，很熟悉流程，也有一些心得体会。因此，她常来问我一些问题。

小诗是一个非常严谨较真儿的人。她对事情的态度常常是看起来毫不在意，但真正答应要做，就一定会竭尽全力做好。

她们组的主持是一个小学妹，开学第一天我迎新的时候见过。学妹基本功需要练习，外景主持很紧张，小诗写的导语她总忘词，卡了

许多次壳也没能完成。

小诗很着急，对学妹说：“你能不能再认真一些？我们休息一下，你缓缓再讲。”

我们当时的工作量很大，一天要跑三四个比赛现场，如果一个赛场耽误太多时间，就会影响接下来的拍摄。小诗的急切不无道理。

那天刚巧我们的赛场也在一个区，学妹跑来找我，把我拉到一个角落，没说几句话就委屈地哭了。我有些不知道怎么劝慰，拍拍她的背，说：“小诗对事不对人。你不要太放在心上。”

学妹哽咽着点头，只是掉眼泪。我抽出纸巾递给她，聊了一会儿就让她平复情绪，赶快回去。中午休息的时候，我才跟小诗碰面。她看起来情绪也不是很好。也许，很多事情就是这样，我们对自己的要求很高，因此不知不觉间对别人的要求也就高了起来。

其实，这不是好的习惯。那天，我们就这个问题聊了好久。她渐渐好了许多，得知自己的问题。她找了学妹将问题摊开，讲清楚自己的想法，并没有苛责的意思，只是希望能更好地完成一次报道。

后来呢，那个学妹现在在她们家乡做电视台的外景主持，在慢慢成为一个专业的外景主持人。

我想，率性而带有多种情绪的小诗更真实了吧。至少在我的世界里，更加有血有肉了，像一本内容非常丰富的书，每一个章节都有新鲜的叙述。总而言之，故事里，故事外，都是让人喜欢的主角。

后来，小诗就更频繁地往返于京津两地。

她开始将生活的一部分重心移到北京。那段时间她总是周五最后一节大课一打铃，就准时地跑下楼，赶下午六点左右的905到天津站，然后乘坐一趟从天津到黄村的慢车，晃晃悠悠地驶去北京。

我们加了QQ，她每次更新空间，我都能看见。那里成了一个小小的窗口，我看见小诗其他生活的窗口。我站在外面，看着她的许多用手机拍摄的照片、途中遇见的陌生人、在京的亲人趣事，这些点滴好似一个个美妙的音符，为我谱写出一篇轻快的乐曲。在她不知道的角落里，我为她的生活感到发自内心的欢喜。

当时我们系有一门课程——新闻采访与写作，教授是我很喜欢的CN，她有一个特别的授课方式，按照规则进行“每周播报”，按组划分，每周十名学生准备稿子、PPT（也可以是视频），站在讲台上进行播报。

小诗准备的一篇稿子是关于出走社的。那是我第一次知道出走社，之后就完全被他们吸引住了。

出走社在北京，小诗经常参加他们的开题活动。这个社团主张行走非景点的野山、野长城，一行人穿行在灌木丛、茅草丛中，崇尚绿色出行、简单消费，每次开题都会明确地标注路线、交通工具、所带装备、集合地点等。

原本就游离于我生活之外的小诗，再次行走起来了。她一年可以去17座天南地北的城市。那样随性地走来走去。

那段时间，我和小诗聊天的机会越来越少。

我毕业前的那年基本在杂志社实习，她也去了一家杂志社做事。如果不是因为她后来去了深圳的一家出版社，也许我们还会一起合租一段时间。

当时我正在淄博出差，我们在微信上聊天，偶然聊起可以在哪里合租的事情。我还憧憬了一下两个人可以生活在一起谈天说地的情景，但她突然接到了面试通知，一个人乘二十多个小时的火车赶去深圳，累了就趴在冰凉坚硬的桌子上休息。回来之后，确认将去报到，离去的行程又安排得很紧凑，原本打算在西单见一面，又因为她买行李箱的事情搁浅了。

关于那段时间的经历，她曾写过："我在天津的时候，用着乌鲁木齐的手机号；后来我换了个天津号，人就去了北京；再后来铁了心当北漂，于是牛哄哄地换了个北京号；最后傻兮兮地来了深圳。"

对于跟她打电话，永远长途加漫游的花费，我总是各种吐槽。再后来，就真的没办法吐槽了，因为她留在了深圳。工作日看稿子，参加书展；休息日去港澳游，偶尔在微信圈发文字帮朋友代购。小假期的时候，会乘飞机去上海或北京，但总是没有机会见一面。我们所有的联系都通过没有信号就断裂的网络，虚无缥缈，软绵绵的，没有真实感。

不过，这就是小诗吧。

她说："终于懂了，永远真的太远。什么许诺，什么发誓，我都不信，也不期待，我只求平平稳稳地过属于我的小日子，命运把我往哪儿指，我就跟着往哪儿闯。”

小诗行走的路途很简单，总是一场又一场地奔赴，去一座有朋友、家人、故事的城市，拍花朵、夕阳、海面、建筑，拍老人、孩子、奔跑的青年。光影与文字结合，为我带来小诗的消息，我盯着屏幕，满足地叹息。

那是我们沟通的方式，不需要特别地靠近，但只要她需要帮忙，我总想全力以赴。

就像小诗说的：“有时候，生活是需要些许醉意的，有一种聊天就有这种推杯问盏的疗效，梦想似乎更靠近现实，极致的简单而自由，就像冥想一样构架出另一个自己，更接近无他的自我。”

致我亲爱的姑娘

我们每个人的中学时代，大概总会遇到一两个挚友，
相识与争吵，陪伴与离别，支持与辜负，
许多事情随着时间推进，逐渐从生命里铺展开来。
当这些成为回忆，我才惊觉自己正度过呼啸而过的青春。
但我觉得自己很幸运，身边总有陪伴的人。

1. 她大概是那种，我怎么想也想不到会成为好朋友的人

薛小舒是一个偶尔单纯到蠢的姑娘，但这并没有妨碍她成为我最好的朋友。

那年我刚满十八岁，浑身戾气，跟这个世界格格不入，常常无缘无故地发脾气。我讨厌怎么做都做不对的数学题，我讨厌父母在饭桌上看着我欲言又止的神情，同时为了不让我有压力又故意转移的话

题，我讨厌好多人如临大敌，讨厌老师总站在讲台上讲一些自己的人生感悟。

我偶尔会冒出一些荒诞的想法，比如，每个高三学生头上都戴了一个紧箍咒，老师、家长和亲戚一夜之间都变成了唐僧，总是喋喋不休地在告诉他们，你一定要努力学习，你不努力就是在毁掉自己的未来。

第一轮模拟考试，我考得不好。班主任按照成绩排座位，我选了最后一排靠窗的位置，薛小舒成了我的同桌。

她有170公分，微胖，皮肤很白，但黑眼圈有些重，像睡眠不足的病人，额头上也冒着几颗红亮的青春痘。她很喜欢读《爱格》《花火》这类少女杂志，从隔壁班借到新刊的时候，她会挑政治、历史这样的副科时间来读，把杂志藏在课本下面，背挺得很直，装作在认真听课，然后小心翼翼地翻页。

有一次，她悄悄递给我一张纸条，上面写着：“你要不要看？这一期有乐小米的文章，很好看的。”

我内心挣扎了一下，但还是点点头。她像献宝一样把杂志偷偷递给我。

自那之后，我们有了一些交流。她应该属于那种一张纸能够写清楚自己前十几年经历的姑娘，家境富足，无忧无虑，活得像个不知人间疾苦的精灵。

她开始将我当作朋友，就算我像个刺猬总是抵挡着她的靠近，她还是以一种不肯退缩的气势，向我表明她的决心。

成长有一种让人茫然和彷徨的力量。对于高考和未来，我假装不在乎，其实心里还是有些恐慌。

可我不知道跟谁说，周围的同学都很忙，原本天资聪颖的人正在更加努力，稍微没有天分的也在实践“勤能补拙”，就算像我这种既没有天分又不太努力的学生，也在偶尔愧疚心发作的时候，翻出练习册和习题集奋笔疾书。而我为了和大家一样，也扎进题海，似乎做完一道道题目，就能抚平我内心的波动。

寒假前，班里开始流行一些跟高考相关的励志文章。职烨的那篇《花开不败》成了我和薛小舒压在胳膊下面的每日必读。那些感同身受的句子，自带一种力量，让我们的内心不再那么慌张和动荡。

我们开始投入学习，慢慢地与数学、英语握手言和。那真是一段想起来就觉得像场电影的日子。所有人都五点前起床，窗外能看到朦胧的月光，像落到地上的白霜。

学校水管里的水冰凉，我常常一把泼到脸上，感受陡然收缩毛孔带来的清醒，飞快地洗漱，然后一路小跑到教室。教室里九盏长型节能灯有些刺目，要走到座位上利用抽课本的间隙缓一会儿，眼睛才会慢慢适应那种不适感。

我和薛小舒会互相提问需要背诵的内容。她文言文背得最差，抽到她不熟悉的课文简直是在谋杀我的耳朵。但还不等我笑话她不够用心的时候，她就开始拿政治哲学部分提问我，我顿时如临深渊，开始正襟危坐逐条背诵。

2. 这么多年这么多夏天，都不及十八岁那年闷热的后排

有次课间休息的时候，薛小舒突然问我：“你最受伤的经历是什么？”

我想了想说：“小时候被好朋友出卖啊，我刚跟她说了自己的秘密，她隔天就跟所有人说了。”

她咧嘴笑了一下，开始讲起了自己的经历。薛小舒的爸爸在当地监察局，家里住职工小区。薛小舒上小学的时候和小区里的一个姑娘玩得不错，暂时叫她小X吧。小X在大人面前比较乖巧，但早恋、逃课之类的事情一样都没落下。

小X常让不开窍的薛小舒帮着圆谎，有时候跟家长说出去补习了，其实是跟小男友滑冰去了。

但小X悄悄地对许多人说薛小舒在学校早恋，不好好学习。这也是让她至今耿耿于怀的事情，因为始终不能理解对方为什么这么做。

没过多久，小X的家长直接找到薛小舒的父母说：“你们工作忙是一回事，但要好好管教小孩，不然都带坏了其他小孩。”

薛小舒憋着泪，站在沙发边上目送小X的家长离开。父亲在她头上轻轻地拍了两下，好像要说什么但看着她的表情又咽下了。

后来，小区里的小孩都不再和她玩，大人也常常对着她指指点点

的。但薛小舒没有提起小X。

我问她：“她诬陷你，你干吗不解释？”

她特别无公害地说：“我跟我爸妈说了，他们相信我就足够了。”

“你这就是好欺负，如果你把事实告诉大家，就不会让小X得逞了。”我有些愤愤不平。

“也许，她有什么不能说的原因呢？小X爸爸脾气特别不好，估计是害怕挨揍吧。”

“可你这善良都被狗吃了。”我说完，在心里又小声地说，但这才是你啊，大笨蛋。

我和薛小舒每天早读之后就会结伴去食堂吃早饭。确切地说，应该是去食堂或便利店买一份早饭，然后带回教室里吃。

离开座位的时候，我才会更加清晰地感觉到高考逼近的感觉，许多人脸上都带着一丝想要隐藏的紧张，步履匆匆地去，步履匆匆地回，三点一线。

我基本上都会和薛小舒去一趟洗手间，然后去食堂，打一壶热水，再从食堂返回教室。那半个小时是我最轻松的时间，有一种从牢笼中挣脱，在自由奔走的感觉。

她和我会聊一些自己的事情，那段时间正流行胡歌、杨幂主演的《仙剑奇侠传》，我们常常到便利店买卡贴，一张一张地攒起来，那成了我们的一种放松的方式。

一旦踏进教室，大家似乎都在收敛自己身上的玩心，不由自主地切换到比较积极主动学习的状态。我从讲台走到自己位置的路上，看到低头做卷子的同学、垒成“长城”的教材和写在黑板上的倒计时，身心疲惫。

这样的时候，薛小舒常会嬉笑着给我打气，说：“别担心，慢慢来，不要和他们比。你就像《犬夜叉》里的杀生丸大人一样，是个高冷且不理世俗的姑娘。”

我差点吐出一口老血，杀生丸不用高考，姑娘我可要从独木桥上杀出一条路来啊。但还没开口，我就感觉到自己原本压抑的心情不知怎么就消失了。

克伦威尔说：“友谊之光像磷火，当四周漆黑之际最为显露。”是吧，那段时间身边的朋友都变得非常重要。

那段时间，陪在我身边的朋友除了薛小舒，还有蚊子、君哥和Monkey，她们每个人都带给我许多力量，组成了一段最精彩的回忆。

年假结束后，我从家里带了一个黑色MP4，里面下满了陈绮贞的歌和照片。政治课的时候，我常常把耳机线扯成两根，在衣服里藏起来，一人一个耳机悄悄地听歌。

我的数学成绩有了起色，选择题和前面几道大题的正确率逐渐提高。薛小舒的英语听力和阅读能力也在逐渐跟上。

但每一次发在桌子上的试卷都像一颗定时炸弹，我控制不好自己的情绪，偶尔会因为低分心情不好，这样的时候薛小舒就是个软柿子，任我“欺凌”。

那种烦躁郁闷的感觉像一颗颗苍耳掉在了头发上，刺与刺扣紧发丝，我想要摘掉它们，但越着急越无力。

沮丧的我别扭地趴在桌子上看着窗外，黑云压城城欲摧，天阴得厉害。

薛小舒会轻轻地碰一下我的胳膊，递给我一张纸条。

我打开，看到她用黑色中性笔写道：“别担心，你可以的。不过这一次考得不好，下一次再努力啦。你说过自己不会这样轻易气馁的啊。”

揉碎了纸条，我猛地站起身，戴着耳机朝操场跑去。不一会儿就下起了雨，我淋着小雨一圈一圈地跑起来，好像耗尽体力就能够耗尽糟糕的情绪。

我双腿开始酸胀的时候，看到薛小舒正站在跑道旁边看着我。我停下来，俯下身，先让快要炸掉的肺缓一缓，不断地大口大口喘气。

回教室的路上，她跟在我身后轻轻地说："漩涡鸣人可是从来都不放弃的，你也是，一定要坚持下去。"

天气越来越热，心却越来越静。曾经以为永远过不去的白日与黑夜，就在一道又一道题目的换算中消失了。

我不知道度过了多少次这样失落又奋起的时刻，我和所有备考的人一起迎来了那场战役。

炎热，干燥，让人紧张到失眠的六月初，就那样过去了。

我们两个人毕业前并没有讲什么约定的话，反而沉默地告别、祝福。高考后我去了天津，薛小舒去了烟台。

3. 距离对不够熟悉的人来说，才是比较好用的借口

迈入了大学的我们，开始各自忙碌，像飞出笼子的鸟儿，不停地挥动翅膀，迫不及待地呼吸自由的空气。

但我知道距离并没有阻隔亲密，她给我打长长的电话，告诉我自己最新的遭遇，我抱着手机，扶着水房的栏杆一边仰望星空一边笑话她还是那么傻里傻气。

她知道我谈了第一场恋爱，我知道她开始留起了长发。

她学的工程造价专业，我选了新闻系。

她喜欢的漫画在断断续续地更新，我的第一部长篇小说在榕树下签了约，加了荐。

彼此陪伴，成了一件再简单不过的小事。我们无声地约定好了，像是签了一张滴血盖章的盟约，一起走过难捱的青春，一起奔赴闪闪发光的自己。

2012年9月23日，我22岁生日，她坐了一晚上硬座火车专门到天津找我。

我大概有一年多没有见她，那次见面才恍然觉得她有了许多变化。

她瘦了，波浪一般的长发披在肩上，穿一件白衬衫，一条卡其色裤子，配一条细窄的金色腰带，整个人看上去非常干练、清爽。

我们一起去吃饭，对着一桌子美食忆苦思甜。她送给我一个黑猫存钱罐做生日礼物，光滑细腻的陶制品，尖尖细细的眉眼，我特别喜欢。

那几天，我们选人气最旺的景区，挑对方喜欢的纪念品。两个人从意式风情街跑到五大道，从鼓楼辗转到滨江道，直到暮色四合才乘公交车返校。我们一起去吃号称“天下第一”的酸辣粉，坐在街头让自称中央美院老师的老先生给我们画铅笔素描，在景区不惹人注意的角落自拍。

她陪我吃蛋糕许愿，陪我度过平凡温暖的一天。

我一直以为薛小舒毕业之后会回到父母身边。她是家里的独女，家境又还不错，有亲戚在机关，托关系找一份有编制的工作也不难。

但毕业前她对我说，她要去长春，在一家并不知名的建筑集团做工程造价员。

那段时间我去了北京，在杂志社忙得焦头烂额，当然知道一个人在陌生的城市生活下去会多么辛苦。那时候北京已经有雾霾了，但我们都以为是天气不好，还没有想到是空气太差。

我并没有劝她放弃，但言语中还是会透露出不要天真做决定的态度。

长春到底只是一个过渡。

薛小舒的工作太过安逸，整天从早坐到晚，学不到什么提高能力的知识，白白浪费时间。她每月拿三千多块钱的工资，能养活自己，但别想活出曾经想要的日子。

有段时间我们经常在线上聊天，春节前薛小舒终于熬不住辞了职。她从北京转车，我接她住两天。

在并不宽敞的小隔断里，我们挤在一张床上聊过去、现在和未来。她脸上闪着光，有对年后上海那份工作的期待和向往。

我问她："你怎么突然在意起将来的事情了？记得高中的时候，你还说自己是个小富即安的姑娘。"

"我也不知道，到了大学才渐渐明白一些你之前讲过的道理，不知怎么就想试一试不被安排的生活。”她翻了个身，脸对着我，“之前总把生活想得很简单，但真正经历起来，还是有些复杂和多变。不过这样才有意思啊。”

我们对一份工作的情感，基本是充满热血，但结局总黯然收场。这里面充满了生活赋予个体的使命感，没有终场，只是测验。

她拎着贴满了卡通人物的玫红色行李箱，我送她去火车站。晚上十一点半的夜车，我买了两杯咖啡，跟她站在北京站巨大钟表下方聊天。

一个小时，两个小时，三个小时，然后拥抱，目送她离去。

4. 姑娘，你不要走得太急，越好才能越远

年后，原本就一根筋的薛小舒，在去上海这件事上显得特别固执。

她住进了公司宿舍，三个人一个房间，薪水低到除了日常开销根本别想买大件。她却不无期待地对我说：“建筑行业都是年终拿奖金啦，每月这1500块钱就是生活费。”

我无言以对，只好偶尔给她邮寄一些东西。便宜、实用，不会成为她的负担。

在薛小舒的叙述里，我大概了解了一些情况。新公司里南方人较多，同事之间早已组成了一个一个带着壁垒的圈子，她融不进去。而

作为毕业没多久的菜鸟，对许多东西都只是一知半解，遇到不会的问题去问同事经常碰壁。

对她来说，刚进入公司的那段时间称得上度日如年。

我了解那种站在行业圈外的痛感，明明知道自己做得不够，但不知道如何获取更多的技能，当遇到不能处理的事情会异常无措。就算自我安慰已经有了进步，但这种侥幸过后会更加无助、恐慌，没有一丝安全感。

我们都需要那种能够握在手里的经验，可以解决实实在在的难题。就像造价师可以准确算出一座楼所需要的钢筋水泥；老师可以讲好每一个知识点，给渴求知识的学生答疑解惑；记者能够做好访前准备，在采访现场应对自如；侦探可以根据蛛丝马迹，找出嫌疑人，让悬案水落石出。

这些实践积累出的经验，正是刚刚入职的人所想要迅速得到的秘诀。

2014年的夏末，上海梅雨季节过去了大半。周六下午我跟薛小舒视频聊天，她一张大脸撞进屏幕我吓了一跳，立刻问她："你这是肿了吗？"

她不好意思嘿嘿一笑，说："最近熬夜太多，一到晚上十一点就饿得难受，想要撑过去，但每次都忍不住去楼下买吃的。"

她眼底青了一片，皮肤状况也不够好。我问："你就不能早点睡吗？工作都是一天一天做完的啊。"

“还没有入门，测算的东西很多，我加班是为了保证自己算的数据没有错误。不过还是一次一次被领导打回来，我都快崩溃了。”她停了一下，从旁边拿了几张打印纸，“这就是我们最近在做的项目，表格是我做的哦，这个通过了。所以今天睡到自然醒。”

“那你之前都睡多久？”

“最多三个小时。”

我突然有些心疼，隔着屏幕说她：“熬夜容易猝死，你这是奔着英年早逝去的吗？”

“看图纸、做表格、画图，一天二十四个小时都觉得不够用，感觉多睡一秒时间就少一秒。”她讲得有些自在随意。

后来我才知道，她是对自己的专业知识不够自信，总觉得自己算的东西不对，怕量得不对缺工程量，造成损失。

她最忙的时候一周要完成两个大厂房，加起来一万多平方米，对她来说已经算是大活儿了。她基本连着一周都没怎么睡觉，晚上在公司通宵，困了就在桌子上趴一会儿，她说自己坐着一闭眼就能睡着。

她胖了二十斤，成了一个看起来对自己疏于管理的胖子。我以如果她不好好照顾自己，就半年不理她来威胁她，要求她重新规划好自己的工作和生活，合理饮食，正常休息，增加运动，注意身体健康。

好在薛小舒是个听话的姑娘。如今的她依旧忙碌，每天的工作内容还是对着图纸，看平面图、立面图、详图以及投标文件，当然也需要用软件计算用料等，但她在慢慢调整自己，不再像个拼命三娘。

我一直以为她是个不够努力且不上进的姑娘，一脑子卡卡西和杀生丸，整天幻想自己变成漫画里的人物，不是穿越就是变身，让人担心她融入不到现实的世界。但，她真的变了，爱好依然是动漫，但对人对事都成长了很多。

一个人拥有积极的态度会使她看起来散发着光芒。我喜欢她现在努力的样子，带着一股劲儿，在不断地突破自己，奋力往前闯。

六年前，她是一个被父母保护得像白纸一样的姑娘。

六年过去，如今的她已经拿起画笔，在完成一幅叫《我》的作品。

【第二章】

青春就是永不言弃

Efforts are to live up to their own

青春就是永不言弃

> 所有你觉得很困难的事情，
> 其实都因为你还没开始认真去做。
> 那么去做吧，青春大把大把的时间不用来折腾，
> 难道用来发霉吗？

1. 我们都不知道为什么自己活得那么拧巴

木南是我的好朋友。

她与我在杂志社做了两个多月的同事，我一直觉得有些对不起她，毕竟是我把她招进杂志社的，却没能给她想要的进步和前途。

木南看起来非常小，一张娃娃脸，一双腿瘦得像两根筷子。熟悉之后，我常说她长得欺骗小男生。

杂志社一直人员不足，所以木南一来就被安排负责商丘专题。她

接到任务之后，询问了几个注意事项，就开始着手选题策划。她进入编辑角色的状态很快，这可能跟她曾经做纪录片编导的经历有关，一个小姑娘跟着剧组跑去新疆采了三个月。

写这个故事之前，我找了当时与她一起做的那期电子版杂志（因为经费原因，杂志没有印刷）。她以树喻城，用树根、树干和树叶分别梳理了商丘的整个文化脉络，每个部位的作用都与历史呼应，选取的角度和采访对象都很有意思。

一开始我以为木南很喜欢写作，所以总跟她聊选题构架和内容思路的事。渐渐地发现，木南的确喜欢写作但更想做编剧。写作对她来说是基础的一环，正在不断练习。

高中时候的木南很贪玩，学艺术，不喜欢数理化，在学校的时间几乎一半以上都在写东西。她喜欢影视创作，专业课学得不错。高三考过了中戏和北影的考试，但文化课成绩不够好，最终还是去了一所专科学院。

对她来说，做杂志社的工作是想更好地提高自己对文字的掌控能力，熟悉文字，与文字交朋友。就像人与人沟通一样，人和文字也是先要从熟悉开始的，相互了解，相互传递信息。

但，我们到底还是在做完这本杂志之后相继离开了杂志社。木南男朋友的姐姐开了一个艺术生辅导班，她辞职之后过去帮忙。

有次，她在线上跟我说："十六，我和××分手了。"

我当时一愣，觉得不可能。木南和××一起六年了，高中相识，大学异地恋，毕业后两人一起在北京，感情一直都很好。

我说：“你别开玩笑。我不信啊。”

她发来一段语音，语速轻快，没有一点悲伤，但笃定的语气让我相信了，她竟然真的跟××分手了。

我担心木南故作坚强，立刻说：“咱们见面聊，你在哪儿？我去找你。”

我跟她在首图旁边的美食广场碰了面，她笑着，完全没有失恋的样子。

木南说：“我们之间一直都有摩擦，上学时候离得远，见一次面都很难得，两个人相互迁就，也就没大吵大闹过。但现在，××经常跟我吵架，一语不合就生气，我真的觉得很累。以前觉得感情这么久了，两个人在一起也挺开心的，就没有想过分手。但最近我辞职了，也没有找到合适的工作，心情本来就很差，他还催促着我赶紧改变。难道我不想改吗？我一直在改啊！”

其实，24岁之前的木南是个不争不抢，对什么都不太爱放在心上的人。至少对于职场和未来，她是没有太多清晰规划的，只想做自己想做的事情。

但××却不是这样的人。他有着清晰的目标，从毕业进入职场就开始努力打拼。他本身就读艺术学院，又进了影视公司，见了太多一夜成名或功成名就的人与事。××希望自己在年轻的时候凭借努力过上更舒适的生活。所以，当他看到不够积极和努力的木南就有些心急，他希望两个人能一起奋斗，而不是他推着木南朝前走，这样太累了。

我不知道怎么劝木南，觉得两个人是观念上的差别，但彼此都没有做错什么。

隔了一会儿，木南突然跟我说，她考上了中国传媒大学编导系的本科，过完年三月份就要入学了。

“大学三年我就痛苦了三年。周围同学都很难理解我为什么会活得那么拧巴。其实我自己也不知道，但我心里憋着一口气，家里亲戚都把我当反面教材，告诫表弟表妹不要像我这样。既然读书没有读好，那我就读好书再说。所以，我年前报了北京电影学院和传媒大学的艺术类招生，北影没过，但中传给了录取通知书，我要继续读两年书了。”她说。

2. 失恋总是后知后觉

木南二月末回了北京。

她前男友跟公司去了法国开年会，朋友圈净是吃喝玩乐的逍遥状态；合租的室友家里有事暂时没有办法回京；而我当时进了一家互联网公司，每天不加班就谢天谢地，工作忙到要死，并没有很多时间联系木南。

那段时间她状态不算很好，大概孤独令她有些沮丧，也突然感受到了失恋的痛苦。她在朋友圈和微博上常发一些心情，我总是默默关注，却无法告诉她如何缓解内心的难过。她会突然想哭，突然不知道自己为什么会是现在这样，突然想要一个人陪，突然不知所措。

她开始喝酒，或者说她原本就酒量不错，但开始喝到微醺才能入睡。

我常常能看到木南凌晨三点还在微博上发抄写的诗或经书。她的字很漂亮，有副筋骨，一撇一捺都很见气力。我很想告诉她不要这样，他看不见，他已经不在了。

除了喝酒，她还报了健身班发泄心情。原本就瘦成筷子的双腿，更是变本加厉地变细。

我知道，木南是个后知后觉的人。她才发现自己到底有多爱××，但已经分手的事实实在令她难以接受。她像漏了气的娃娃气球，瘪瘪的，失去了生动和鲜活。

多喝了几瓶酒，多跑了几段路，木南还是决定要找一些事情做。情绪难以不药而愈，忙碌才能麻痹一切。

中传的课程比较轻松，一周也就五六节课。她四月份投了几份简历，其中一家是国内非常有名的电影制作公司——XM。

她面试的经历非常有趣，HR是个很傲娇的男人，过了前面几个固定流程，他语气实在不够友善地问木南：“我们是招聘电影文案和策划方向的，你有过类似工作经历吗？”

“没有。”

“那你做过什么啊？”

“我做过纪录片编导、艺术培训辅导老师，还做过杂志编辑。”

“你能胜任这份工作吗？”

“我可以试一试。”

“那你直接跟部门负责人沟通一下，她会给你出一些题目。”

木南见了她的直属上司，是个三十多岁、面目清丽、行事干练的姐姐。对方让她写公司正在投资拍摄的一部电影的宣传文案，需要一版文稿、一版PPT。

她走出XM大楼，摊开手心才发觉自己手里出了好多汗。

回到家，她开始做策划，但PS（修图软件的简称）修图的部分她实在忙不过来。她翻开通讯录，搜索了一圈，目光停在了××名字上，狠狠心按下拨号键。

××知道她需要帮助，二话没说，就跟她沟通起需要什么样的图片和感觉，文案部分写了多少，发给他看一下需要做什么样的PPT。他放下自己手里的工作，陪着木南熬了一天一夜，做出了一份漂亮的文稿和PPT。

木南周一将自己的策划文案和PPT发到了应聘公司的邮箱里，一个小时后，她的直属上司就给她打来电话问："你明天能来上班吗？"

木南说："能后天吗？"

对方说："那就后天。早上九点。"

木南接完电话就躺在床上昏天暗地地睡了一整天。她突然有些想哭，觉得XM给了她一份难以计算的认可。

她重新找到了一股自信，她开始像个陀螺一样转起来，进入新的公司，接触新的人与事，参加电影圈的发布会，跟制片人谈合作，接洽广告商。我所用每一个短句子写出来的事情，她都经历了从忐忑到从容的过程。"越是大腕，越是有亲和力。只有不入流的小角色才会拼命摆姿态，让别人去关注他。琳达（她的直属上司）带我去见一个知名制片人的时候，我临到跟前还紧张得小腿打颤。但真正跟对方接触的时候，我才发现，他特别好说话，很有涵养，很照顾别人的感受。”

木南在XM做得很好，但也很累。她工作一个月，大概有半个月都是加班状态，但她很充实和快乐。她能够跟同事学到很多知识，也发觉自身欠缺的东西，想要不断填补并修复。

3. 每个人都有属于自己的节奏

我上周约她吃饭，在鼓楼大街站旁边的池记烧烤。两个人点了一桌肉串和一大扎黄啤，一边喝酒一边聊天。

室外突然下起了雷阵雨，电闪雷鸣，许多在外面吃串的人都躲到了屋里。她看着屋外的大雨说：“我和××算是复合了。”

我低下头咬了一口羊肉串，呷了一口啤酒，问：“什么时候的事儿？”

“就是去XM的那段日子。”

“嗯，为什么呢？”

“说不上什么特别的原因。可能突然了解了××之前的状态吧。那么拼，那么想拉着我一起进步的状态。我现在能够感觉到了。他前段时间也跟我说过，这份新工作让我改变了很多，包括愿意进步的心态。”

原来××解释，他知道木南是那种别人不推就不动的个性，一定要有一件事刺激到她，她才会愿意从心底里做改变。最重要的是，他知道木南想做影视方面的工作，但不努力永远也没有办法跨进这个行业。

当然，木南的确跨进了这个行业，但这个行业并不像看起来的那么光鲜亮丽。所有人都知道这是一个高投资高风险的行业。

酒喝到一半，木南又来了一句："过段时间，我可能要跟着琳达去新公司，XM除了高层以外的员工都将面临非常大的人事调动。"

我愕然，这实在有些像电视剧里的蹩脚情节："你们公司不是上市企业吗？怎么会有这种事情？"

"这两年XM的影视部一直在投钱，只有策划部和广告部能拿钱回来。虽然做了很多电影，但真正赚钱的很少。所以，今年开始做调整了吧。上周五，琳达给了我两个选择，一个是继续留在XM，等待台风过境，看影视策划部的新规划，毕竟大老板是在留她的，她还没有答应；另一个是国外的一家影视制作公司，前段时间给她递了橄榄枝，发展空间、薪资待遇都只增不减，她想带我过去。我选择了后者。"木南继续说。

我举起杯子，倒满酒，跟木南说："来，为新工作干一杯！"

大雨倾盆而下，直到我们散场依旧没停。我和她都没有带伞，她打电话给××来接她。我在路口跟她告别，一个人走在回去的路上，边走边不由感叹生活总是峰回路转。

木南的新公司很棒，近期正在推出我喜欢的文字作品改编的电影。她开始像掰玉米一样，一个接一个地完成策划部的项目，不骄不躁，有了属于自己的节奏。

当然，她依旧忙得需要三头六臂才能掌控好所有工作。我经常能看到她的动态，诸如在地铁上看了四五集剧本，凌晨一点发自己突然找到灵感的微博，或是朋友圈里赠送某部电影首映场的票。

这些片段拼凑出了木南忙碌而充实的生活。

其实，我们都是普通人，都有些懒懒散散的，只能对喜欢的人和喜欢的事提起兴趣。那如果一直做着不够喜欢的事，是不是永远会没精打采的，无论如何也感受不到别人说的那种全身心投入的状态?

老板，来一份鸡蛋炒饼

纵有疾风起，人生不言弃。
这是烨伊翻译自堀辰雄小说《风吹了》里的一句话，
原句是："风立ちぬ、いざ生きめやも。"
我一直很喜欢，用它做了很长时间的座右铭，
借此勉励自己，不要因为短暂的挫折，
而忘记自己的初心。

1. 低谷时，你要记得笑

2015年1月开始，我做了两个月待业青年。

2014年12月30日，我买好了从北京去威海和济南的火车票，乘最便宜的夜车去见好友。

我带着一个问题去找朋友，想问他们我该不该辞职。

为什么要有这样的疑问呢?

在当时的单位，我有过非常愉快和满足的经历，几个姑娘一起出差、采风、编写杂志。我对于毕业之后还能从事写作的工作很知足，只要能做自己喜欢的事情，哪怕工资和待遇很低，我也从没抱怨过。

我毕业实习的地方是一家旅游杂志，做编辑记者。当时单位运营得不错，北京的许多发布会和活动都会邀请我们参加，在此期间我还去了珠海、淄博、西安等城市，免费吃喝玩乐，还有稿费可拿，这大概是说出来比较“拉仇恨”（网络用语）的经历。

我做得不错。

入职两个月转正，实习期工资1000元，转正之后基本工资2500元，稿费单算，100元/千字。我一个月能写10000—15000字，偶尔参加活动还会有车马费。总的算下来，每个月也有3000—4000的工资。你可能觉得这些钱很少，但这对当时刚毕业的我来说算是巨款。

每次发工资我都请自己好好吃一顿，然后抽出一部分钱给爸妈买东西，剩余的钱分配好下个月的花销。

不过，这转正只是工资上的转正，关于记者证、五险一金，这家杂志一直没能落实。更让人始料不及的是，在2013年10月，单位上层的四个领导闹翻了。

整个办公室都充斥着低气压。当时在做10月刊的我们，每天在群里各种讨论，这本杂志是不是做不出来就要夭折了。

不出所料，10月中旬的一个晚上，社长找我和当时还跟我住在一起的Y姑娘吃烧烤。吃了一会儿，他说："十六啊，你要不要跟我一起去新杂志？××和××已经打算跟我一起去了。我一直觉得你做得不错，文笔挺好，你过来我给你工资翻倍。"

我问了三个问题："社长，新杂志有刊号吗？能考记者证吗？有五险一金吗？"这些对于当时的我来说，是最重要的。

社长点点头，说："都没问题。"

然后我去了。

坚持努力工作了一年，有半年没有发工资。

12月28日，我跟社长说："社长，我很体谅您的情况。对杂志我也有很深的感情，毕竟是一期一期做出来的，这就像是我的孩子。我不想问父母要钱，这是我的底线。元旦假期我要请个长假去找Y和M，散散心想想问题，然后决定是去是留。"

从进入杂志行业开始，我就知道纸媒难做。

整个大环境都从骨子里散发出一股悲观失望的情绪，它叫嚣着纸媒已死。我却不信。毕竟还有坚持新闻理想的《澎湃新闻》，有着"一本杂志和它所倡导的生活"的《三联生活周刊》，有着大大小小借助新闻纸来传递精神的不知名的刊物。

所以，我坚信纸媒不死，也深信印在纸上的文字有一种不可替代的魔力。

我知道还有许多与我一样的人，他们也相信纸媒不死。

这个时代资讯发展得太快，传统纸媒还没来得及思考，就已经被催促着接受来自新媒体的挑战。我见过太多在大型媒体做了十几年的老记者，经历着媒体行业的大动荡，却不知道如何改变这种境况，只能黯然转身。

不破不立，也许这是媒体行业重新洗牌的契机。只是，这与小小的我，距离是那么遥远。因为，有太多被边缘化的报纸、杂志已经活不下去。我们最担心的是面包，之后才能谈理想。

但我很期望，能在青春正好的这十年，看到纸媒重新焕发活力的那天。

2. 大概，最真实的窘迫里才能看见生活

我到达威海的那天是元旦。

整座城市吹着海风，天空中荡着白色的、毛绒一般的雪。出了站，我大笑，抱着Y跳起来。Y是我在实习杂志社的同事，后来变成了要好的朋友。

她穿了橘色短款羽绒服，戴着一顶颜色跳跃的绒线帽子，皮肤白皙，眼神明亮。半年多没见，我们亲密得和过去一样。

我知道，我所有的问题在于：如果我离开了杂志社怎么办？之前所做的那本杂志怎么办？跟着我一起做编辑的其他姑娘怎么办？我对文字的坚持怎么办？

但Y拉着我去看海、吃韩国料理、看电影、K歌，她说：“先玩

儿痛快，再去解决那些需要痛快解决的事情吧。”

我们住在山大威海校区附近的青旅，淡季，六人间（只有我们俩），二十块钱一晚。距离海边步行30分钟，乘公交10分钟。我们睡懒觉；吃辣猪蹄、石锅拌饭和部队火锅；在电影院看《十万个冷笑话》，一边吐槽一边回忆动漫原作；到海边散步，海风很大，吹得脸疼，但海天之间的广阔让人心生平和，我们坐在椅子上听风、看云、晒太阳。

那是一场没有遗憾又充满遗憾的再见。我对Y说：“不想走了，海边真好。”

她说：“今年夏天，我们都去大连然后乘轮船从那里回威海，你在海边再玩儿几天，好不好？”

这是我们最新的约定。

1月4日晚上我从威海去了济南。M早上到车站来接我。他在当地电视台做记者，跟我讲了一路自己做社会新闻的趣事。

我跟他聊起辞职的事，他在饭桌上说：“你可以好好跟社长谈谈，然后让他找理由打动你。最重要的是看他之后的计划。如果这半年并没有特别的规划，还是会疲于应付，那早点走，会比之后走好得多。”

他吃着烤翅，嘴里吐出一块骨头，手指泛着油光，我不知怎么笑了起来。

我从济南回北京就跟社长提了辞职。

交接好杂志社要做的事，我正式离职，总算开始了休息的日子。

我在11月份的时候搬过家，当时已经很穷，没有多余的钱支付房租。在中介找了一个阳台在住，二十多平方米，有些简陋，但一个月才400块钱。你很难想象，在北京除了极小且暗的隔断还有400块钱的房子。当然，你也可以估计出这个简陋的阳台到底如何。

我在淘宝买了窗帘、墙漆、遮光布、塑料垫、地毯、桌布，还有书架。400块钱的房子被收拾得很像样子，中介来过一次，直接笑着说要坐地起价。

辞职后，我几乎每天都在家里看书、看电影、写点东西。像分手一样，辞职后的失落和茫然不知所措也是后知后觉的。

一开始我很开心，觉得摆脱了一块压在我身上许久的石头，总算能够轻松自在地过一段时间了。我平时并不做饭，家里酒比饭多。

小区旁边有一家山西面食，店主是一个五十多岁的男人，他的妻子是厨师，负责炒菜做饭。

那段时间，我总是在上午十点钟，穿着粉色毛绒的睡衣睡裤，外面随意套件羽绒服，准时去他家买吃的。

我对一切都轻车熟路，会很熟悉地喊一句："老板，来一份鸡蛋炒饼。"

我第一次去就盯着墙上巨大的红色的菜单出神。从头到尾搜索一遍，确认出自己喜欢且能够吃得起的饭菜，最后我决定吃八块钱一份的鸡蛋炒饼。

素炒饼七块，肉炒饼九块，我喜欢中间价位。

我想老板一定在私下猜测过我是做什么的，为什么总是不上班，还蓬头垢面地去买吃的。但老板娘看我的眼神很柔和，让我想起我妈。

她总是不动声色，穿一件旧旧的，袖口满是油渍的黑底紫花的外套，忙里忙外。她手脚利落，我坐在外间，能清晰地听见她在厨房的案板上咔咔切菜的声音，节奏快速，铿锵有力。

我不爱吃豆芽，总是在点完之后跟老板娘加一句："用包菜炒哈。"

老板娘点头，记住了我的要求。

她总是用一次性饭盒给我装得满满的，这份饭足够我吃一天。

我偶尔也跟她闲聊两句，但她从不问我做什么的。我想这是因为她的善良。

从1月15日至2月15日的一个月里，我基本都宅在家里。因为当时约好了一家美食杂志，复试已经过了，等着老总约见我。

其实，我更多的感觉是有恃无恐，内心享受这份不用工作的悠闲，每天躺在宽敞明亮的阳台上晒太阳。

不过，生活总是愿意给人一些不如意的转折。

美食杂志的工作我没去成。因为老总听说我不愿意写菜单，而更愿意写人物，就不打算面试了。

一听到这个消息的时候，我内心耸动出一个尖锐的声音说："看你挑三拣四，现在好了吧。”

但我对此也没做过多努力。毕竟，我认为自己不是要写菜单的人。

3. 冬天的尽头有道光

就这样，我从等待离职、等待入职，进入了等待面试的阶段。

耐心地填写智联招聘、大街网上的简历，但心里还是滋生出一些不确定。

等待再一次成了我生活的主题。

看书的时候在等待，看电影的时候在等待，写故事的时候在等待。我回复了五家单位的面试，两家杂志，一家报纸，一家做央视外包新闻的传媒公司，一家网站编辑。这期间我做了一次三个小时的笔试和时间长短不一的面谈，最后，我哪一家都不打算去。

M说：“你这是在做实践性的编辑就业调查啊！面试的公司包含了纸媒、电视和网络。”

我笑着说：“是啊，是啊，不过都不是很满意啊。”

当时再过一个星期就到春节了。我对年前能够入职的事情已经不抱希望。其间，一家旅游杂志邀我去入职，我把它作为了备选。

那天，我又去山西面食。

我发现，熟悉的桌子旁边放了两个灰色的拉杆箱子。老板娘给我做完炒饼，仔细地系好塑料袋说：“姑娘啊，我们今天晚上就回家过年了，明天就不开张了。你要吃饭的话，去旁边店里瞧瞧。出门在外，不要太苦了自己。”

我点点头，接过饭，突然对自己的现状感到十分委屈，即便刚毕业时，也没像现在这样窘迫过。一个陌生的餐馆老板娘都在劝慰我，让我照顾好自己。

回到租住处，我不禁想：北京的冬天真漫长啊，从早到晚都泛着冷。

我坐在床上，披着两床被子。iPad里播着电影《素媛》，我猜一定是电影太感人了，所以我开始不断掉泪，从无声到啜泣，再到泪流满面。

我有些难以抑制自己，明显感觉到四周的寒冷夹杂着灰暗袭来。

可是这样的时候，人很难去寻找家人或朋友的帮助。我缩进被窝里，驱走一点点的寒冷，蒙着被子放任自己大哭，好似这样就能带走许多不顺和委屈，然后再起来就是透亮的眼神和重新振作的自己。

我从不愿跟家人交代自己的现状，总觉得即便告诉了他们，只是惹得他们担心，不如当一切好转，再把好了以后的境况讲出来。现在的窘境就当作尝到糖果之前的苦涩好了，愈苦愈甜，不算太坏。

所以，我一个人等待着所有事情，也接受和面对着所有事情。当时我的卡里只剩下两百多块钱了。我已经做好了找朋友借钱的准备。

生活总会在你觉得万分不幸的时候，给你一颗甜蜜的糖，中和一下内心的不平和。社长终于给我结清了半年的工资，我变得不再困窘，甚至算得上富足。

一个在律政类杂志的朋友约我一起租房子。她费心找了两室一厅，在一号线八宝山站，房租适中，然后我搬了家。

一切重新开始了。

后记

没钱、没工作那段时间让我开始真正去思考一些人与事。读了许多书，也问自己：读书能消解生活中的委屈、愤怒和即将夺眶而出的眼泪吗？答案是不能。情绪不应该被阻止。我所能做的是尽量克制负面的、显得灰暗的部分，因为还有更有意思和重要的事情去做。

然后，我等来了现在的工作，与文字有关，跟一群互联网技术男在一起，插科打诨但受益匪浅，在悠闲和忙碌间切换频率，最重要的是能够养活自己并保障自身的权益。

我还做了国内一家做高端旅游的杂志兼职编辑，包了版面写专题，现在还在筹备，一切都逐渐好了起来。

2015年的前两个月，我过得有些复杂和混乱。整个过程很像在坐过山车，跌宕起伏，不断地上升或俯冲，一路惊险刺激，刷新我对自己的认知。

但这样的生活没由来地让我生出一份感激。

它告诉我，不要贪恋安稳，去追逐你想做的一切。如果结局不够好，至少你努力参与过；如果开始还不错，那你要竭尽全力去把它完成和做好。

只要去做，总会有比现在更多的收获，这就是有趣的生活。

天会亮，雨会停，生活都是这样的

生活会降雨吗？会吧。
那些突然变得糟糕的事情，
多么像夏天里没有预告的倾盆大雨，
一下子淋湿生命中所有的暖意。
我们都知道天气不可控，生活不可控，但自己的内心可控。
用坚强和独立为自己撑一把伞吧。
风雨不会消失，但至少可以留住一簇关于希望的小火苗。

1. 不要哭，不要让眼泪淋湿自己的心

毕业前，我回学院搬东西。

那段时间我已经很少回去，所以在宿舍楼道见到W的时候，我大吃一惊。她脸色有些黄，额头上长满了红亮的痘痘，穿一件宽大的粉

色真丝上衣，比我上次见她至少瘦了20斤。她笑着跟我打了招呼，转身上了五楼。

W是我们班的学习委员，品学兼优，个性冲动，做事略微有些毛躁，但认真学习起来又能像一台日夜不停的发动机，所以她基本包揽了所有学年的国家奖学金。我到315室收拾好自己的桌子，寝室其他人都走了。看着空荡荡的宿舍，我突然想找个人说说话。

我找到W的时候，她正坐在寝室的桌子上发呆。一个人安静地坐着，像一朵小小的粉色的莲花。我坐过去，跟她一起看着窗外的天空。外面有些灰暗和阴沉，天气预报说晚上有大雨。

她问我："十六，你有没有被生活拖进沼泽过？就是那种需要拼尽全力才能爬上岸的感觉。"我不知如何作答。

毕业前一年，W已经准备好考研。那天她正在自习室复习，突然接到读高中的妹妹打来的电话。妹妹哭着说："姐，爸爸脑梗发作住院了，你快回来啊！你快点回来吧！"

W心里一颤，有些哽咽地说："你别哭，我马上回去。"

她跑回宿舍，上网订了票。点鼠标的时候，她手还有些哆嗦，心里不住地劝自己，不要慌，不要慌，慌也没有用，但她忍不住。

在W十岁的时候，父母就已经离异。她住在奶奶家，母亲早已组成新的家庭。原本就支离破碎的生活，在父亲生病后更加阴云笼罩。

W说，那是她最糟糕又成长最快的一段日子。

大大咧咧的她开始看得见所有人深藏于内心的想法，原本不曾注意过的细微表情和动作，都被突然放大了，她看到奶奶眼神里的悲伤与痛苦；看到母亲脸上的伤心和不知如何面对的心情；看到妹妹的脆弱和恐惧；看到走在医院走廊上陌生人转头一瞥里的怜悯和同情。她像遇见了此生最大的一场风雨，所有不好的情绪都朝她袭来，锋利的寒风夹裹着豆大的雨点，狠狠地砸在她身上。

她问生活："为什么是我？为什么偏偏是我？"但没有人回答。

所有阴云密布的白天和黑夜，都像平时的每一天一样来临和离去。

焦急地等待了十多天，在急救室和重症监护室里的父亲总算被救了回来。但新的问题来了，谁来照顾已经半身不遂的他？

奶奶年纪大了，精力跟不上；母亲有自己的家庭，也没有义务再照顾父亲；妹妹需要上课，过不了多久还需要期末考试。所以，W站出来说："你们不要担心，我来照顾吧。"

我不知道W那段时间是怎样度过的，但听到她的诉说，总会忍不住心疼她。

最开始的几天，她几乎每时每刻都在担心着父亲，生怕与他身体相连的机器突然停止了跃动和起伏，生怕死神来临，将这个已经愁云密布的家庭拉入更悲痛的深渊。

她很难安眠，躺在坚硬的折叠床上，过不了半个小时就要醒一次，抬头看一看父亲，见他正闭着眼睛休息，自己才能再放下心躺一会儿。

W的每一天都安排得很满，很难有真正休息的时刻。

她早上五点就起床，在医院的公共洗手间简单洗漱一下，收拾一下病床。到七点钟下楼给父亲买早点，然后陪他吃早饭。上午根据医生的指导，给父亲按摩一小时。中午给父亲带饭，并收拾利落。下午可能会洗衣服，还要帮父亲擦身子。傍晚继续准备晚饭和做其他杂事。

她说："我根本不需要闹钟，身体好像就是最好的闹钟，一到什么时候，大脑就指示我应该做什么了，然后我就去做。"

那段时间，熟悉W的人都说她突然像变了一个人，行事稳重，不再像小孩子一样急匆匆的，眼神里也闪烁着一簇小小的、温暖的火焰。

生活就是拥有这样的力量吧，当困境袭来你会立刻明白：你必须更有条理地处理事情。没有人帮你，即便有人帮你也帮不了一辈子。所有人都很忙，你必须学会照顾自己，也要学会照顾家人。

W说："你可能没办法理解，当我看到我爸只能抬起一只手拍拍我的肩膀，但却不能说出一句完整的话的时候，我内心那种想要哭喊的委屈。因为我猛然发现，他一下子老了很多，再也不是那个将我举在头顶让我骑羊脖的男人了。他需要我来照顾，而我很想让他过得更舒服一些。"

听着W的叙述，我实在很难想象，那两个月的日子她是怎样熬过来的。每天早起晚睡，日日辛劳。她需要一边照顾脑梗父亲的身体和心情，一边缓解自己内心的压力。所有这些，都只是听起来的时候很容易，但实际做起来得有多么困难呢?

但现在的W已经可以笑着对我说：“跟很多人相比，我家已经很幸运了。”

她的父亲没因此一蹶不振，很配合医院的治疗，每天按时吃饭，即便会因为心疼W而悄悄落泪，但他知道只有好起来才能使W放心，所以很多时候他都忍着疼痛，做康复治疗。W说，她一下子理解了很多事与人，性格里柔软的那部分像一把伞一样，砰的一下子打开了，开始用它为这个家撑起一片温暖的小角落。

我为W的转变深受震动，一直劝她要好好照顾自己。关于生活的苦痛，每个人都有相似的遭遇。你咽下，它融进愁肠，会慢慢酿成甘甜的美酒；你咽不下，它就像一碗酸涩的孟婆汤，总飘忽在眼前，怎么也不肯消失。

2. 你要知道，这世上所有糟糕的境遇都是好的

那次聊天之后，我们因为毕业各奔东西。零星知道W家里的事情渐渐好起来，她正准备考研。

整整一年，她好似在这个世界上消失了。所有人都不知道她在哪里，只能从她偶尔在网上发的一两条“心情”里猜测她怎么样了。2014年12月，她考完了试才重新回到大家的视线。

她给我发信息说：“十六，我请你吃烤串吧。想见见你了。”

我当时正在急急忙忙地赶稿子，心里焦躁得不得了，看到她的信息不知怎么就安静下来，回复她：“好啊，随时约起来。”

我以为我会很快见到她，但没想到这次见面又拖到了好几个月后的昨天。

见到W的时候，我很惊喜，她气色很好，依旧很瘦，穿一件棉质T恤，白色短裤，银色船鞋。她递给我一瓶水，笑着说：“我来晚了。”

W带我去了一家烤鱼店，我们两个人坐在角落里亲密地交谈起来。两年未见，却没有陌生的阻隔。

我有些好奇地问：“你最近在做什么？怎么一直没有联系我呢？”

她抓起一把瓜子，边嗑边说：“二月份的时候，我考研的成绩下来，英语没考好，心情不太好。当时奶奶又生了一场病，我在家里照顾她，没有时间联系你。你也知道，人觉得自己很糟糕的时候，总愿意躲起来自己疗伤。”

我很早就知道W的理想是做一名高校老师，从进入大学开始，她就在努力实现这个想法。考证、考研，努力做每一件跟这个想法有关的所有事情，但她这一路走得那么艰难。

我问她：“那你还打算考研吗？怎么来北京了？”

W停了一会儿说：“嗯，还会考吧，但不是这两年。前段时间自己的状态太糟糕了，我感觉在家里都要窒息了。当时内心很封闭，积攒了太多负能量。所有人对我说的话，我都会曲解他们的意思。我爸妈在得知我没考上首师大的时候，直接说，就你这样还是找个人嫁了吧，或者留在家里找份工作安安稳稳地过一辈子。我当时很受伤，觉得他们不能理解我，认为那些话都充满对我的质疑和嫌弃。”

我一直都觉得W是一个很积极向上的人，尤其上次在宿舍交谈之后，我更是觉得她异常坚强，带着一股子压不垮的韧劲儿。听到她这么说，我不由想象当时她内心是多么煎熬。在家的那三个月，W过得浑浑噩噩。她总想不清楚自己之后还能做什么，内心的挫败感像一波又一波的海浪朝她涌来，总是在她想要游到岸上的时候，又将她拖回无边无际的失落里。有一天，W突然想离开那个家，她觉得再待下去就会窒息。当时，她奶奶的病已经好得差不多了。W开始跟家里人沟通自己要去北京或天津的这件事。一开始家里人都不同意，她磨了很久，也没有什么结果。最后实在没有办法，W跟奶奶告别之后，就离开了家。

她四月份到了北京，先借住在高中同学那里，接下来开始找工作。

W先接到了一家央视外包公司的视频剪辑工作，下午又去一家上市教育公司面试。对方跟她说，下周会给她录用通知。W很直接地说："你们今天下午就要给我通知呢，我上午刚接到一个入职电话。如果你们不确定能不能录用我，我又推掉了那边的工作，这样的事情我不做。"

我听完之后直接拍桌子说："W，你真是初生牛犊不怕虎，还没见过你这样面试的。"

她笑着说："我很感激我现在的公司，没有因为我当时的无礼而将我拒之门外。现在我过得很好，跟着副总做管培生，工作量很大，但状态很棒。虽说做的事情不再是高校教师，但还是做教育，考研考博可以之后再做。"

W离开家，也可以看作是为了给内心的失落找出口，她需要调适一下考研落榜后的心理落差。我们都知道，所有考试都不是结束，不过是一个阶段性的总结，它不应该与人生挂钩。熬夜奋战、孤独前行、坚信努力，这些词语并不只属于考试，更应该成为一种描述积极向上生活态度的关键词。

我发现W的左手大拇指不太灵活，她伸出来活动给我看，说："刚拆了石膏，入职第二天我晚上在家拆快递，不小心划断了拇指肌腱。"

她说得云淡风轻，但那一晚其实折腾得不轻。W先自己在家处理了一下伤口，忍着痛去了附近诊所，诊所医生一看伤口就说要去石景山医院，然后她打车去了医院，已经挂号见了医生并安排好手术，但突然被告知伤口太深，在这里做手术很容易关节留疙瘩或恢复不好，还是建议去积水潭医院。W又在深夜十一点，一个人赶到积水潭，有条不紊地排队挂号，缴费，进手术室，打麻药，做手术，当所有这些都结束的时候已经凌晨三点，她又打了三个小时的点滴才回到住处。当时已经快到七点，她稍稍收拾一下就举着打了石膏的手赶去公司上班。

W说："我已经熟悉了那种突发状况的感觉。当事情发生了，你不要慌，只需要一步一步地处理好应该做的事情。其实所有事情都一样，不要哭，哭是没有用的。天会亮，雨会停，生活都是这样的。"

我知道W已经开始了新的生活，也已经与生活握手言和。"五一"假期她回了一趟家，家里人知道她现在过得很好，工作很顺利，一切都在好起来。父母对她独自闯荡也有了信心。但W说：“我还是会回去的。只是希望拼命折腾这三五年，过自己想过的生活，三五年后再回去尽自己的责任，我心里一直都知道的。”

从W身上，我知道了：所有经历的事情，都会变成最好的经验。那些看起来让你不愿再回顾的曾经，都会成为铺垫你成为更好自己的石子。它坚硬、硌脚、走过去的时候想要痛哭，但当你真正迈过去，你就会感谢那些带给你痛感的石子，它让你清醒、克制、不被绝望击败，让你更加坚定地走下去。

很多时候，我们都需要面对生命中一场又一场的阵痛，它多像倾盆大雨啊，毫不留情地淋湿整个世界，而你没有办法抵挡这种狂暴的侵袭。

它使你濒临崩溃、绝望，感受到这世界上不能言喻的苦痛，但它也为你带来重建、希冀，烘干你内心的寒意。

可以慢，但不能停

> 我们在同一段青春，经历不同的困惑，
> 好在都可以有最好的结果。

1. 她有一个周游世界的愿望

我们大学有个小代班主任制度，学院挑选几个平时听话、爱学、愿跑腿的大二学生，分配到新生班级给辅导员帮忙。

当时，我负责新闻3班，像带成年孩子一样负责查寝、点名和答疑解惑。

新入学的大一学生，脸上都泛着暑假还没挥霍干净的荷尔蒙，像早市上鲜活的小龙虾，挥着两对螯爪，四处亮相问好。

军训过后的迎新晚会，是新生们的大事。临近中秋，学院还准备了月饼，我跟辅导员一起在班里给新生发月饼。辅导员想着活跃气氛，就让同学随意说点什么。

那是我第一次注意到学妹。她微胖，脸色偏黄，穿着一件干净的白色T恤和一条黑色长裤，短发，戴眼镜，神情有些不自然。

但她走到讲台上，很用力地介绍：“我叫××，来自甘肃会宁。就是红军长征会师的会宁。”

她普通话里掺杂着方言，听起来有些怪异，说话很快，像一股脑儿撒到地上的豆子，但说着说着，她就哽咽起来：“能来上大学我很开心，不过我挺想家的。我们那里中秋会有很多果子吃，月亮又大又圆。我就是有点想家。”

她说完就主动隐匿到角落里，继续看着闹哄哄的教室中央。那些笑声、歌舞、吉他独奏似乎都与她隔着一堵玻璃，她能看见听见，却无法融入其中。

活动散了之后，我叫住她，拉她到我宿舍聊聊。她穿着凉鞋走在我身后，一双干净的眼睛充满迷茫。

那一天她告诉我，他们家四个孩子，父母老实本分，一辈子勤勤恳恳地过日子，种地、做工、放羊、喂猪，供养他们念书。姐姐已经出嫁，妹妹在读大专，弟弟快升高中了，她是家里不太赞成上大学的那个。

父母渐渐老了，想将她留在身边。

父亲劝她不要到天津，在兰州读个大专，早早毕业了，找找亲戚家的关系留在那里，做份清闲且安稳的工作，又能随时看顾家里。

但学妹不想一辈子就像一匹马，只能被拴在家门口的槐树上。她想去看看外面的世界，看看书本中和电视里那个光彩夺目的世界。

父亲不给她学费。她入学前的暑假就在一家饭店里打工赚钱。一天十小时，上菜、撤桌、招呼客人，忙起来昏天暗地。

她伸出手给我看，指着手掌上刚刚要结痂的几个地方跟我说：“端盘子也磨手心，刚出泡的时候，我拿针挑破了，里面的水儿一出来，特别疼。”

整整两个月，她赚了4500块钱。

她一天也没休息，又一个人拿着录取通知书去教育局申请助学贷款。她心里憋着一口气，就是想出去看看，哪怕就一眼。

父亲看拗不过她，最终给了她三千块钱，说：“再多也不给了，你要是能在兰州，整个大学我都负担着。但你要走，我就只给你这些。”

她抬头看着父亲气鼓鼓的脸，眼周的褶皱里藏了多少西北的风霜。她心疼父亲，也心疼自己的愿望。

学妹对父亲说：“爸，这钱我先拿着，但我以后会还你。大学的所有费用我都自己赚，我一定让您放心。”

2. 迷茫，是成长的前奏

但刚入学的第一个月，学妹有了迷茫。

她跟见到的每一个同学大声问好，做了计划，去图书馆看书，到学院周边的景点去玩。但她渐渐感觉到自己与这个世界有许多脱节的地方。

她不知道宿舍姑娘说的服装和化妆品的品牌，不知道最新最火的游戏和动漫，听不懂广播里的BBC新闻，她不知道应该怎么融入其中。

我听着学妹的叙述，有些动容。

她抬头看着我，好像在等我说话。见我没开口，又自己笑了一下，说："对不起，学姐。我知道这是自己的事。我就是想跟你聊聊，你别放心上。"

我为之一颤，赶紧解释："我并不想轻率地给你答案，正在想怎么回答你。"

她抿嘴一笑，眼里闪着粼粼的光，干净清澈，像小河面上荡漾的水。

我拿起桌上的笔，开始给她画格子，然后对她说："最中间的格子写现在最想做的事，然后慢慢朝外延伸，每一个格子写一个目标，你一件一件实现它们，慢慢就会知道自己到底想要什么。"

她趴在我的书桌上开始填九宫格，填完之后，又问我要纸写了长长的一封信。

学妹折好之后递给我："学姐，这里面也有我要做的事情。整个大学我要拿奖学金、赚生活费、买电脑，还要坚持写东西。"

我看着她笑了笑，知道她已经好了许多。

那段时间我正在做一个儿童自闭症机构的志愿者，周二下午周三上午都会过去帮忙，所以很少遇见学妹，只是偶尔在线上聊几句，得知她周六日都去兼职，做过家教，发过传单，还做过推销员。她从不说累，只是说又遇见了几个人，她们如何帮助她，待她很好，诸如此类。

她这么忙碌，我很担心她的学习情况。期中考试的半个月前，我专门找她谈话，想提醒她不要忘记了学习，毕竟这才是上学时的重心。

那天见她，看她比入学那会儿黑了、瘦了，手掌的泡早已经好了。她笑着让我放心，拿了笔记和最近写的东西让我看。娟秀工整的字迹，看起来让人如沐春风。一个厚厚的本子已经用了半本，笔记很翔实，看得出用功。我知道自己的担心多余了。

但她还是说：“学姐，咱们一起复习吧。你监督我。”

那段时间，学妹早上六点就到我寝室敲门。我给她开门，然后拿着书和英语本去教学楼。冬日天短，天光微亮。我们踩着还未散去的橘色，从宿舍去教学楼。学院楼一侧，已经有播音班的同学在练声，开嗓的声音大而异样。我和学妹常常蹑手蹑脚，生怕打扰对方。

进了教室，我们各自找位子坐下。晨读，做题，静默。

学妹爱问问题，常在早上复习结束去吃饭的路上问我。有时候问题很难，我一下答不上来，就对她说明天告诉她。她也不急，耐心地等我考虑好了再给她解答。

时间过得很快，考试接踵而至。

成绩下来的时候，她年级前三，很顺利地申请到了当年的国家级奖学金。

作为一个旁观者，我总觉得她过得辛苦。周六日很少休息，法定节假日也总在忙着兼职，也许她的生活从未真正轻松过。

寒假之前，她已经联系好了一家韩国烤肉店去做服务员。在滨江道的日资大厦。

我有些担心，问她："你过年不回家了？"

她笑着说："到年底再回。寒假时间挺长的，我想赚点钱给爸妈和弟弟妹妹买点东西。"

"那你住在哪里？"

"他们有宿舍，你别担心。"

学妹再联系我的时候，是大年三十。她说自己已经到家，还跑到院子外面打的电话，因为家里没有信号，但让我放心。

我知道，我永远没有办法体会学妹的生活。她来自全国最贫困的县区，需要自己负担学费和生活费。回家之后要帮忙劳动，洗衣做饭，放羊喂鸡，洒扫院子，这些在我看来有些像上个世纪六七十年代下乡知青才做的事情，是她每日必做的活儿。

对于生活的辛劳，她从不抱怨，只是说自己终于可以自食其力，慢慢总会好起来的。她要让家里人都好起来。

3. 坚强而独立，这就是如今的你

后来，我去北京实习，渐渐少了学妹的消息，偶尔回学校才能见一面。她已经越变越好，又瘦了，气色不错，打扮入时。也得知她自己攒钱买了电脑，一直坚持写东西。我很为她高兴。

但她告诉我，她决定大学最后一年要去房地产公司实习。

我有些疑惑，问："你不是想做记者吗？怎么不找报社或杂志社呢？"

她眼圈微红，停了一会儿说："家里情况不太好，有一些借款需要还。弟弟妹妹也需要用钱，我想先去房地产公司赚些钱，帮帮家里。尽了责任，再想自己。"

我心里微酸，有些心疼她。

学妹明明和我们差不多的年纪，却不能在最好的年华去放纵追逐自己想要的东西。

梦想，对她来说是一件昂贵的奢侈品。

我没有立场劝她，只能在她需要我的时候，伸出援手。所以，不论她什么时候找我，我都尽量第一时间提供帮助。

2014年年末，学妹突然打电话给我。

她激动地说："学姐，我终于攒够钱了，还清了家里三万多的外债和助学贷款，也供得起弟妹的生活费。我决定辞职了，明年就找跟新闻有关的工作。学姐，你能给我推荐一下工作方向吗？"

听到这个消息，我比她还高兴，这些钱对刚毕业的她来说，并不是小数目。学妹是加了多少班，拼了多少力才做到的呢？

我放下手里的工作，认真跟她讨论之后可以选择哪些单位实习。她语气那么轻快，像是肩上背负的重担被卸下了，正打算轻装上阵。

学妹说回家前想见我一面。

她从天津乘车来，我去北京南站接她。

那天，学妹穿了一件乳白色的羽绒服，头发扎起来，很精神，面带笑意，出了站就上前抱我。我们乘地铁回我住的地方，一起吃饭，一起聊天。

她跟我讲了许多关于她小时候的趣事。我发现她普通话讲得越来越好，也更加开朗善谈了。

学妹的老家在会宁，西北高坡荒凉寂寞，干燥的风，土黄的山，是出志怪故事的地方。她小时候跟男孩子似的，总跟村子里的男孩一起玩儿。五岁就爬坡放羊，常爬树摘野枣。一群毛孩子，偷了东家的西瓜，摸了西家的柿子，被家长知道了就一顿熊揍。

她说："学姐，你要去了我们那里，一定会害怕。我们从小爬山经常能看到一些骨头，有动物的，还有人的。有次我带我弟钻洞穴，我们那里还有好多天然的洞穴。那时候个头小，缩着身体就能爬进去。那次我一进去就看到四五个骷髅头，把胆儿吓坏了。但我没出声，骗我弟也进来。他看到骷髅哇的一声就哭了。我哈哈大笑。然后，我俩就撺掇着村里其他小孩儿来钻洞。他们都吓得不轻。"

我在她的叙述里，看到了一个完全不同的学妹。那么活泼自在，仿佛入水的游鱼，能够在我们不熟悉的环境自如地呼吸。

那是她的世界，那样淳朴自然。

学妹跟我说："学姐，你一定要去一趟我家。我爸妈都知道你，他们一定会杀一头羊招待你，还会把平时收起来的好东西拿出来给你吃。用我们村接待客人最高的规格款待你。"

我笑着答应她有机会就会去。

那天我们聊到很晚，凌晨才睡去。

她躺在我身边，睡得那么好。也许，是因为她知道，她有不用惧怕未来的能力。

第二天，我送她去西站，让她到家给我打电话。

她安全到了家，但跟我说去报社实习的事儿得朝后推一推。她母亲的膝盖受伤了，劳损，大概需要动手术，她需要去医院照顾。弟弟明年要高考，但贪玩，不认真学习，她爸爸让她租个房子陪弟弟高考，等弟弟高考完再找工作。

我听她说完，心里有些难受。为什么一定要依赖她呢？学妹也有自己的人生要过啊！

她很自然地对我说："学姐，再过半年我就能做自己想做的事儿了。你知道我有多羡慕你吗？你想去西藏，努力赚够路费就行，但我还要考虑下学期的生活。你想去北京做杂志，连老师推荐的报社实习都可以推掉，立刻赶去北京，但我实习还得想想家里。你在旅游杂志工作，从四川到大同，从南京到重庆，你每去一个地方我都给你评论，因为我也希望能够真实地去过那座城市。但我一点儿都不嫉妒你，因为我知道，只要自己努力，接下来的日子我也可以像你们一样。"

她说得我热泪盈眶，痛哭起来。

也许，你会觉得学妹很平凡普通，但我为能认识她感到骄傲。

西北的风沙，吹过她干瘪的家境，但给了她丰盈而坚韧的精神。那些经受过的辛苦，使她变得坚强而独立。

出身的环境不会阻碍你努力的程度，自身的相貌不能决定你变好的决心，只要你愿意努力，总有一条路可以到达你想去的远方，成为你想成为的自己。

一个人的美丽，可以由内而外，量足如春草夏叶的内秀，足够让人脱离俗气。

我知道学妹正在越来越美。

像候鸟一样飞行的姑娘

从南到北，不断迁徙；从白到黑，不断经历。
你会遇见风霜雨雪，也会看到雾霭虹霓。
给自己一双翅膀，飞过悲伤，到达温暖的地方。

1. 她如世界的过客，每一次停留都是路过

我们杂志社一直阴盛阳衰，除了后来辞职做电视台记者的“萌帅三剑客”，我的其他同事都是姑娘。

S是南方人，生得小巧温婉，齐腰长发，戴琥珀色眼镜，素颜，笑起来让人心生安宁。

她在中国传媒大学读中文系，大四，进了杂志社实习。

S是杂志社里很特别的一位姑娘。

最初觉得S特别，是因为她对写作的认真和坚持。

在杂志社，选题新颖程度和交稿时间是考量编辑的一把标尺。S总最后一个交稿，总编颇有微词。但他很少直接对S发火，因为S写得好，她的每一个字都像仔细琢磨过，通篇下来，让人很难挑出错误。

2012年冬天，我们都刚进杂志社实习不久。

S报了一个雪山的选题。她曾和男友去过云南的玉龙雪山，但还需要写贡嘎和冈仁波齐，后面两座雪山她都没有去过，写起来很费力气。

确定框架之后，S从早到晚地逛驴友论坛、贴吧，找资深登山者或探险队，还混进私人聊天群里，搜集各种资料，并勤恳地采访每一位亲历者。这些采访对象中，竟然还有李忠华，那是《中国国家旅游》创刊号封面日照贡嘎的摄影师。他一直住在贡嘎，很难联系。

那段时间S总加班，她男友大良常常来接她，我在楼道里碰见过一次。

他读的不是中文系，但看起来斯斯文文的。

当时我们三个人一起乘电梯，狭小的空间使得交流有些局促，只是彼此简单打了招呼。

S并不经常提起男友，我们几个人去中传附近吃淮南牛肉汤，她才偶然提起几句，他俩常在这条街上吃饭、逛街。

雪山的稿子S写得很慢，内容也改了许多遍。

我以前觉得写稿就是尽力将稿子完成，做到没有错字病句，流畅自然，达到总编的要求就足够了。但我从S身上见到了完全不同的写作状态。

她长久地坐在电脑前，翻笔记，核对资料，写一段话能删去之前的两段。我坐在她旁边的位置，整日看她伏案写稿，不知不觉就被这样的她打动了。

S终于交了稿，但总编把她叫到办公室，说："S，你这稿子写得有些不对。内容偏硬，篇幅也长，你把几个采访对象的内容删减一下。"

S不愿意，直接说："稿子可以修，但他们的内容不能删。"

总编的声音提了几度，接着让S听从他的决定。

S不温不火地说话，对改稿却很坚持。

经过这次撰稿，S对雪山一定有了更富足的理解，而我也对S有了更多的了解。

S从没有告诉过我，她到底想写什么样的稿子，但我能从她的执着和认真里读到背后的句子。因为那是我们都懂的追求——做一个对自己负责的人，那就应该竭尽全力做每一件事。写稿如此，做人也是。

2. 若文字是海，她必定随之起伏

快到2013年的时候，S突然在编辑群里说，要去一趟襄阳。

我一惊："这么突然？"

S敲击键盘，快速地回复："我联系了一个叫拾穗者的民间组织。他们刚答应带我走一遍最纯正的襄阳。我想写这样的稿子，所以一定要去！"

晚上下了班，其他人都走了，我跟S去吃饭。

S告诉我，拾穗者是一个以保护和宣传襄阳为己任的小群体，集结着一批对襄阳有真感情的人，做过许多内容。她很感兴趣。

我放下手里的烤鱼豆腐，问："你一个人？要去多久？"

S也放下手里的金针菇，说："嗯，大良已经答应他妈妈早点回成都过年了。我应该先去襄阳，大概待上一周，再直接回家。"

我又拿起串，咬了一口："他怎么没考虑一下你啊？"

S苦笑："大良是单亲家庭，他妈妈一个人把他抚养大。说实话，他妈妈一句话比我十句话都管用。"

我对S的决定还是有些担心。

她捋了捋长发，认真地说："我只想在我还有冲动的时候，努力去飞行。对我来说，这就像一种本能，是青春该有的样子。我会休息，会停留，但也会离开，会继续寻找。这样的生活对我来说才有意义。"

我点点头。

之后，S去了襄阳。

她跟当地人一起走街串巷，去吃一碗襄阳最正宗的牛肉面，去看已经破旧到需要拆迁的老街，跟一个爱好摄影的老爷子聊上几个钟头，再从旧城墙转到码头或渡口。

鲜活而古老的襄阳城，一点一点地从汉江的水汽里化开，像一幅生趣盎然的泼墨画展现在她眼前。这画又慢慢地被她收拢，用文字描摹出来。

过完年，我们陆续回了编辑部。包括我在内的几个姑娘，几乎都胖了一圈，只有S例外。她依然瘦瘦小小的，素颜，长发，脸上带着三月暖阳的笑意，周身散发着温暖和柔和。

她跟我们聊起襄阳，语气里的满足鼓鼓的，像蘸满墨水的毛笔头。

关于城市的选题，我们陆续交稿。

S的襄阳却改了又改。她写了一万字，删到四千，又重新去写。

在我看来，分明那些删掉的字都能直接刊出来。但她说不，因为自己觉得没写出襄阳的风物和感觉。

后来，我一个人读完了襄阳的定稿，不知怎地，生出一种无形的压力。

因为，S的襄阳写得极好。

她写："头枕汉江的中山前街，在老襄阳们的记忆里是樊城最繁华的街市：鼓胀但角落破损的风帆，铿锵有力的船工号子，弯腰佝偻的背夫憋红的脸，被捏紧成碗口粗的衣服顺江面滑过的流畅线条，在渡船里打哈欠或望着江面出神的乘客，不远戏楼传来的袅袅笙歌，临江面馆飘香的窝子面，宛如一幅清明上河图，透过泛黄的老照片，仿佛还能听得到生活热闹的声响，手心还握着撑船拉纤、背货浣衣的力气。”

再后来，S大学毕业忙着学校里的事情，我也准备着毕业后工作的事情，彼此只是断断续续地联系。

3. 心事像一片羽毛落入深雪

2013年6月，她随男友去了成都。那段时间她很少更新朋友圈的状态，距离像一把刀，把人与人的情感悄悄切割。

过了三个月，我在微信上联系到她，问她在哪儿，她说正住在武汉的一家青旅。

我漫不经心地问：“你怎么离开成都了？”

S沉默了一会儿才说：“我们分手了。”

我吃了一惊，忙停下手里的工作，紧张地问：“怎么突然分手了？”S和大良大学好了三年，两个人感情稳定。

S输入的时间有些长，但回复我的只有两句话：“之前就知道他妈妈不太喜欢我，过去后更觉得相处很困难。如果我和大良固执地在一起，到最后会更伤感情，所以就分开了。”

我叹了口气，让她照顾好自己。

那时候的我正被新杂志束缚住身体。繁琐的小事像蜘蛛丝一样捆绑住我的身体，上上下下地缠绕，让人挣脱不开。我一边手忙脚乱地制订选题计划、安排定稿日期和排版时间，另一边还要跟印刷厂联系，确定用纸、克数、厚度和最终可接受的印刷成本。

隔着千山万水，我很担心S的状态，过了半月，又联系她。但后来，我发现S有自己的治愈方式。

那次，我跟她聊过写稿的正事，随口问她在哪里。

她随意地说：“在昆明。”

我实在好奇，就问她：“前段时间不是还在武汉看樱花吗，怎么又去了昆明？”

她语气很轻松：“就是有一场想看的剧，所以就来看看。”

这就是S吧，总是随心随性地安排行程。

我望着北京阴沉沉的雾霾天，不禁想象“春城无处不飞花”的胜景。S真的好像候鸟一样，不断地转换着停留的地方，她寻找、发现和收藏任何一个喜欢的风景和远方。

过了没多久，又有一次，我问S在哪里，她又在另外一座城市。理由千奇百怪，但总有一份好心情。

我们都是生活中庸碌的凡人，每个人都有需要独闯的难关，无论多么疲惫劳累，总要咬牙挨过，因为在那之后，你会遇见更好的自己。

4. 我知道，在她的追逐里有处叫梦想的天空

半年前，S给我打电话说正在准备回北京工作。

我高兴得从椅子上跳起来，问："你怎么舍得回来？"

她浅浅地笑了一声，说："在北京有你们啊。不过，也还没决定要留多久。"

确认S回来的消息，我有种失而复得的惊喜。

其实，我知道S是终于可以面对曾经留下无数回忆的北京了。在这里，她和大良走过那么多路、看过那么多风景、吃过那么多美食。也许不经意地路过，都会勾起她内心的记忆。

跟S的交谈里，我们很少讲到爱情。但我知道，她是一个痴情的人。

回到北京之后的S，依然充满向上的能量。

再一次见她，还是标志性的齐腰长发，素颜，笑意盈盈，显得更加自信。她眼底的清澈，遇过春风，带着潮湿和温润。

她进了一家艺术品鉴赏公司做编辑，常去看展，也拉着我到清华美院、798和中国国家博物馆看过几次展。

通俗说来，艺术品鉴赏行业要求从业人员拥有深厚的艺术素养，熟知梵·高、莫奈、毕加索，分分钟要讲出中世纪油画、雕塑的特点和代表作品。

所以，入职之后的S非常忙，她需要负责稿件撰写，又要开始系

统学习艺术品知识。S可能是那种功夫并不用在面上的女生，你并不经常看到她努力，却能在每一次见她的时候，发现她正在蜕变的事实。

有次我去她家，桌子和床上散落着许多厚厚的专业书。

我拿起一本，英文版，又拿起一本，还是英文版。

S见我翻书，过来推荐我看几部相关电影还讲了几个艺术节的名称。

我对艺术节的名称听得云里雾里，她细心地帮我写下来。

她说："我刚买了水彩颜料和画板，正准备学着画一画。艺术其实是个动手和动脑的活儿，不能只读书的。"

一天天过去，努力的S像一株扎根泥土吮吸营养的向日葵，朝着自己想要抵达的方向，坚定地成长。我羡慕这样的S，因为她在闪闪发光。

又过半月，我们约好在鼓楼剧场看话剧——契科夫的《三站台》。那天见她，我吃了一惊。

她把头发剪了。

S摘下帽子给我看，头上只有短短的能看见头皮的一点儿头发，她看起来像个可爱清秀的小沙弥。

我问："你怎么把那么长的头发给剪了？"

她说："发质不好，索性剪了重新留起来。"

我有些惋惜，问："你怎么舍得？"

S低头，看着自己的帽子，说：“哪有什么是舍不得的，总会重新再有的。”

我认真地看着S，觉得她这样子也很美。依旧是干净的素颜，笑意盈盈，像一束淡淡绽放的青莲。

转眼已经2015年，我们在不同的道路上相顾奔跑，她继续她的艺术鉴赏，我写着我的心情故事。

这个世界上总有不断飞行的人，他们在不断地寻找。

【第三章】

努力，是为了不辜负自己

Efforts are to live up

to their own

如果没想尽所有办法，就不要轻易说NO

去追寻，那遥不可及的梦。

去抗争，那不可战胜的敌人。

去忍受，那不可承受之痛。

去行走，那不可征服之路。

——《不可能的梦》

1. 她真的是在跟所有困难死磕

如果你喜欢国内的音乐剧演出，可能会听过一个名字——杨嘉敏。

她是七幕人生的CEO（首席执行长）。而正是今年，七幕人生团队拿到了行业内最大一笔投资，来自黎瑞刚掌舵的华人文化产业基金（CMC），金额为三千万元。

刚刚28岁的杨嘉敏，短发，身材偏瘦，笑起来的样子坦率而真诚。

其实，如果不是美人Carmen帮我联系，我可能不会认识她，也不会被她的个人经历打动而写下这篇故事。

用杨嘉敏自己的话说："我并不算成功，我只是比较有韧劲。在遇到困难的时候，我会觉得自己还没有想尽所有办法，那么就还有继续努力的可能。"

在嘉敏的成长过程中，对她影响最大的人是妈妈——那个在上世纪80年代，想着成为服装设计师的小镇姑娘。

"我其实很难想象，她曾为了学设计，一个人从县城坐车去上海，站在服装店门口临摹大牌设计，画完之后就回去消化学习。我妈跟我讲的时候，我很受触动，就是那种没有条件也要创造条件把事情做成的心态，印象太深刻了。"

在我看来，她并不是个幸运的姑娘，所以不存在眷顾这样的说法。

杨嘉敏患有先天性血管瘤，小学一年级的时候做了手术。在没有手术前，她理解能力不错，学习成绩很好。但手术时的全身麻醉，让她术后一整个月都显得有些笨拙。

她说："那一个月我每天回家都对着作业本大哭，就觉得自己很笨。明明上课时都听懂的问题，回到家怎么做都是错的。过了好长一段时间，我才慢慢好起来。除此之外，当时医生建议我不要去参加剧烈运动，当时我整个小学都没有上过体育课。但后来小升初要考体育，分数比例还挺大的。所有人都觉得我肯定考不上了，但我偏不信，就每天绑着沙袋围着操场跳。我记得很清楚，考试的时候我跳了2.11米，在女生里是跳得最远的，得了满分。”

就是这样从小就不服输的杨嘉敏，长大后考上了北京大学英语系，喜欢读莎士比亚，并迷上了音乐剧。

她不仅选修了学院的歌剧鉴赏等课，还把当时能够在网络上找到的所有音乐剧视频、文字资料都看了。当时国内引进的音乐剧并不多，但只要有，她都会攒钱去看。那时候的她就是喜欢舞台上那些鲜活而富有激情的人物，看他们在灯光下演绎完全迥异的人生。

“我从没有想过把音乐剧当成未来的事业，因为觉得自己既不会唱歌又不会跳舞，其实很难想象我能跟这些结合起来。”她说。

杨嘉敏真正产生要做音乐剧的想法是在日本工作期间。大学还没毕业，她就通过六轮面试进了日本著名的投资公司——软银。她发现日本到处都能看到音乐剧的元素。例如地铁里的广告牌，街道上的宣传册，还有便利店收银处即可购买的音乐剧票。这些都让她感觉到日本的音乐剧市场很成熟。

她利用休息时间做了许多调研，发现日本市场上做得很大的公司，商业模式都很工业化，也并没有很难操作，多半是把国外的经典作品本土化，然后在日本上映。

她突然觉得，自己未必要能歌善舞才能做音乐剧，其实从另一个角度上对商业模式进行创新，她一样可以把更多更好的音乐剧带到中国。

然而筹备阶段她就遇到了困难。

其实，我也猜到了，她缺钱。

杨嘉敏说："虽然我毕业后一直从事投资行业，但在音乐剧领域的积累其实并不多，所以很难有投资人给我投钱。'七幕人生'最开始是借了钱创办的。"

没过多久，她回国创业的事就在朋友圈传开了。很多人都对她说，创业的风险太高，哪有安安稳稳地上班舒服。

其中一个最近出任上市公司CFO（首席财务官）的学长曾经跟杨嘉敏聊过，他说："创业这个事情没有想的那么简单。因为一个人从某个相对稳定的机构出来到什么都没有的创业状态，心里面都会有落差。不仅是你，还有你组建的这个团队，他们的心理落差你也要关心。"

后来，她才慢慢理解学长说的话，所有道理都要亲身经历之后才能完全消化。

2. 对她而言，签下《我，堂吉诃德》是一个漂亮的开始

2011年的冬天，她回到北京大学找到大学时教她英美戏剧的老师约瑟夫·格雷夫斯。约瑟夫在北京大学教书已有十年之久，同时，他

也是百老汇非常有名的音乐剧导演。约瑟夫还记得那个酷爱音乐剧的短发小姑娘，杨嘉敏对理想的执着打动了他。

自那之后，约瑟夫成为“七幕人生”团队中的第一个核心成员。

当时，约瑟夫建议杨嘉敏选择的第一个剧本就是《我，堂吉诃德》。这部剧首演于1965年，原名Manofla Mancha，改编自西班牙著名作家塞万提斯的小说《堂吉诃德》。

此前，杨嘉敏从未听说过这部剧，在心底还是有些犹豫。但她相信约瑟夫，连夜读完剧本，合上剧本的时候，满眼泪水。

她记得很清楚，当时有一句台词反反复复在她脑海中回放："如果生活本身已是如此荒谬，什么才是疯狂？也许，向梦想投降是疯狂，在垃圾堆里寻找珍宝是疯狂，过分清醒是疯狂……而最疯狂的，莫过于接受生活的本来面目，而不去想生活应该是什么样子。"

那句话像是刻在了脑中，她突然明白了为什么约瑟夫对这部剧如此肯定。

敲定剧本后，她立刻跟版权代理公司联系，希望能够获得授权。对方回了邮件，但给了一个远远超出了她的经费预算的报价。

杨嘉敏说："那个报价比我第一轮演出的整个投入还要高，谈版权一开始并不顺利。但我真的很喜欢那部剧。"

她并不甘心，通过各种搜索，在互联网上找到了《我，堂吉诃德》的实际版权持有人，该剧的作曲者米奇·雷的邮箱。

她给他发去了态度非常诚恳的邮件，跟他详细讲解中国的音乐剧市场、文化政策环境和她的七幕人生团队。杨嘉敏说："当时我虽然刚刚创业，但是我真的很有诚意把《我，堂吉诃德》做好。"

很快，米奇·雷给她回复邮件说："有时间的话，到纽约来面谈。"

2012年3月，北方还处在春寒料峭的阶段，她和约瑟夫乘飞机去了纽约。他们见到了米奇·雷，并顺利谈下版权。

版权签下来了，但排剧的过程并不顺利。

"当时团队刚组建不久，那也不算是困难，对现在的我而言，更准确的说法应该是经历。那时候还不太会挑选演员，几乎所有演员确认后，发现有一个人不太合适，最后还是决定换掉。我知道这是一个正确的选择，毕竟我需要为观众负责，不能因为人情或者什么而有所保留。但那个演员有情绪，就在微博骂我、黑我，还@投资商（微博用语）什么的。可能我一直以来的生活环境都比较单纯，没有接触过同类型的人，那一次让我觉得很委屈。就是你明明没有做错事，但莫名其妙就被“黑”了，还对你的生活造成了困扰。当时我就想，如果我不做这个，可能一路都会走得很顺。但创业就是要跟不同的人打交道，就是要承受一些委屈。”杨嘉敏笑着对我说。

她没过多久就顺利调整好心态，一直跟团队一起参与整个剧的排演，但排演完整部剧，杨嘉敏发现自己手里的经费所剩无几。

3. 拼尽全力，才能完成不可能的梦

她已经没有钱再为《我，堂吉诃德》做推广了。

“其他公司做音乐剧可能会登杂志、开发布会，发一些宣传性质的新闻稿，但这些传统途径动辄就要上万，当时我手里只剩了几千块钱，所以只能想其他办法。这完全是需要我克服的客观困难，并没有办法去依靠别人帮你解决。我可能身上有一种不达目的誓不罢休的劲儿，就一直在想怎样才能达到推广的目的。”她说。

当时微博刚兴起不久，大V（大V是指在新浪、腾讯、网易等微

博平台上获得个人认证，拥有众多粉丝的微博用户。）还是真正的大V。杨嘉敏想着如果邀请这些微博大号来看演出，他们如果觉得好，在微博上发一条信息，可能就会影响很多人。

她把当时微博排名前200的名人列了一个单子，每天逐一发邀请，但没有一个人回复她。“我觉得是我方法不对。有两方面原因，一是范围太广了，他们可能原本就对音乐剧不感兴趣，那也就不会愿意来看剧；二是频率不够高，很快就被新的私信淹没了。”她说。

她发现微博有一个关键词搜索功能，就把这200个人里提到过音乐剧的人单独挑了出来。人数很少，不过十几个，但他们在不同的场合提到过自己曾在百老汇或其他地方看过音乐剧，并对音乐剧感兴趣。

后来，杨嘉敏总结出了许多发私信的规律。常在早上五六点钟给一些年纪较大的男性发观剧邀请，那个时段的回复率会比其他时段高很多。

她说：“微博私信持续了很久，也确实邀请到了一些大V，包括徐小平、王功权、李银河和土豆网的CEO王威等人。这个过程让我受益良多，也开始明白，创业的人不能因为没有条件而停止，如果这样那创业就不应该开始，因为创业就是在没有条件的情况下去创造条件。”

2012年5月，《我，堂吉诃德》搬上了中国舞台。第一轮演出结束，就赚足了人气。而当时“七幕人生”的团队只有三个人，其中包括杨嘉敏。

“你不是知道袁齐吗？她就是刷过（网络用语）三遍《我，堂吉诃德》之后加入我们的。现在是我们团队的元老级人物。”杨嘉敏说。

的确，美人Carmen最先帮我联系到的就是袁齐，接触之后就会发现她是一个性格外向、讲话幽默的姑娘。袁齐跟杨嘉敏共事三年，工作之外，也早已是彼此信赖的朋友。

袁齐在没加入“七幕人生”之前，曾写过一篇关于《我，堂吉诃德》的剧评。文章结尾时她写道：“离开剧院时，看到他和沈航在门口背风处抽烟。堂吉诃德和他的桑丘，静静地站在北京冬夜的冷风里，或许是在谋划另一次探险。我抬头的瞬间，重度污染的天空，突然繁星满布。”

而非常戏剧化的是，杨嘉敏有演出后读评价的习惯，她曾读到这篇评论，并被最后这段话温暖了很久。

杨嘉敏并不知道，袁齐对她的第一印象是——一个非常理性又热爱文艺的人。她说：“嘉敏骨子里是天生的商人，她对商业模式有自己的理解。除了商人那面，她的另一面对精神生活也有很高的追求。但最让我佩服的一点是，她能比较好地平衡商业和文艺之间的关系，能找到一个很好的平衡点，这是非常厉害的一点。有的人是很好的艺术家，但做不来商人；有的人是很好的商人，但没有什么艺术品鉴赏力。嘉敏平衡得很好。”

听完袁齐的话，我就觉得，其实人与人之间是有缘分的，就如同她和杨嘉敏。

4. 哭完还是要继续做下去

创业并没有因为一次转折就变得顺理成章起来。所有事情都会有一个自然而并非平稳的上升曲线。

杨嘉敏的“七幕人生”团队在成功把《我，堂吉诃德》搬上中国舞台之后，又引进了百老汇经典剧目《Q大道》。

这次演出的地点在上海。袁齐刚加入不久，就被杨嘉敏派到了上海做协调和营销。由于“七幕人生”的演出模式有些不同，他们不像其他常规音乐剧一座城市只需要演三五场，而是需要驻场，当时的首演计划是三个月，每天都需要排场。

但上海的剧场都被常规的演出切得特别碎，杨嘉敏联系了很久都没有找到合适的剧场。

后来还是在上海白玉兰剧场驻场的杂技团团长表示，他们每天有两场演出，一场是下午五点半开始，六点半结束；另一场是晚上七点半开始，后面那场可以让给七幕团队。但这就意味着他们要在六点十五至七点钟观众入场前搭好幕景。

看过音乐剧的人都知道，音乐剧的装台时间一般都很长，大多在三个星期左右。像《Q大道》这种规模小一点的，也要四天左右。

但如果她们没有办法在45分钟之内装完台的话，演员就没有办法在舞台上演出，那么上海的首演就要等到第二年，这不是杨嘉敏希望看到的结果。

她当时就跟音乐剧的导演商量，有没有可能做到这件事。导演说：“我们试一下。”

当时是十一假期，杨嘉敏带着整个团队窝在白玉兰剧场，所有工人都在练习拆装的过程。他们把这个舞台舞美所需要的景片都进行细分，并细致地画了流程图，标好谁拿哪一块，在什么时间点安装。团队除了吃饭、睡觉之外，就是在来回进行试验和优化。所有步骤都记录下来，并反复地练习。

困难渐渐少了起来，原本坚硬得像石头的阻碍开始松软，并像遇水的棉花糖消失不见了。

他们每天以一倍的时间进行提速，两天、一天、十二个小时、六个小时，然后真的在开场前的一天在45分钟内完成了布景。接下来的50场演出每天也是按照这个水准在进行。

5. 成长可能就是更多耐心和更多包容

杨嘉敏并不是不会哭的“钢铁侠”。她在遇到困难的时候第一反应是哭，有次半夜十二点了给袁齐打电话说：“你下来，我请你吃烤串。”

当时她电话里声音是哽咽的，把袁齐吓了一跳。

但面对困难，嘉敏并不是那么弱的。她能很快调整好自己的情绪，哭一会儿就会擦干眼泪，继续想接下来应该怎样解决当下遇到的难题。

也参与这次首演的袁齐说："那时候，我们遇到了各种各样的问题。当时团队里跟乐队沟通的同事犯了一个比较严重的错误，让那场演出差点没有乐队。当时是那个同事负责代表七幕跟乐队签合同，但合同没有签下来，我们并不知道。他打算用两头隐瞒的方式来掩盖，不过在临演前被发现了。那个情况下，嘉敏先是很崩溃。她那个时候还有些爱哭，但哇哇哇哭完了，眼泪一擦，就说还是要干下去。她就一个人跑去跟乐队的老师谈，说有什么问题我们就解决什么问题，但一定要保证剧场演出。乐队老师很给力，化解了一场危机。"

袁齐总说，嘉敏身上有那么一股劲，好像在她眼中没有什么事情是不能解决的。作为一个团队的领导，这对其他人其实是一种鼓舞。

成长很多时候是一个磨砺自我的过程，你可能并没有想过要通过什么事情变得更成熟稳重，但事情过去之后，你才会发现，原来自己已经从中获得很多经验或教训。

杨嘉敏说："创业的三年会比之前有更长足的进步，多了许多耐心和包容。假如一个人在公司上班，那他的成长可能会慢一些。因为心底会有一个凭借，大概知道自己是在一个相对来讲循序渐进的过程里学习，有帮助、指导自己的前辈。但创业不会，它更像赶鸭子

上架——就是在你没有什么经验的时候就去做出决定，而且你要为这个决定负责。刚创业的时候，我年纪比较小，就非常非常着急，很想很快做出一些事情来，现在整个心态比较平和了。我的整个团队也在成长，有一些年龄小些的同事加入。创业不是说你埋头苦干就能做出什么来，反而是你要静下来想想你的方向、方法、跟团队如何沟通，这些事情需要慢慢地解决。”

很多人创业之初，尤其是一开始有很多问题出现的时候，都会比较崩溃，但慢慢地就会好很多。人的适应能力会比自己想象的厉害得多。

没有失败，只有在不断解决的问题

> 少年如风，自由不羁，一路没有输与赢。
> 很多时候做事情不必那么功利，
> 只要想着把能够呈现的东西做出来就好了。
> 不是所有物品都可以被标价，至少，梦想不能。

1. 在科技宅道路上狂奔的文科生

李明肇算是我认识的一个牛人。

我对他的评价是，明明优秀得可以靠脸吃饭，但非得扎在人群里用才华跟我们抢饭碗。

李明肇是我初中同学的学长，浙江人，精通意大利语和英语。他从小喜欢遥控汽车模型，自己制作过3D打印机和无人机，一直是电子产品发烧友。

最让我惊讶的是他跟我同岁，去年刚辞了职在创业，现在已经是一家创业科技公司的CEO。

其实，我有些不知道怎么讲他的故事，总觉得他是玩着玩着就把事情做成的那种人。不过接触之后，才发现事实并不是那样的。

他在天津读的大学，学意大利语，跟许多男生一样，爱玩，喜欢足球，没有多么奇崛的经历。父母开明，自小就对他进行放养，所以也很难有什么叛逆时期。

李明肇大四时进了一家国企实习，毕业后去了一家做数控机床的大型国企。他在那里担任董事长的外语秘书，初进公司就开始参与上市流程，后来常驻欧洲，协助公司在意大利进行收购及欧洲子公司的管理工作。

这个起点已经超越了一大拨人，但他却觉得太过舒适松弛，并不是一个年轻人该有的状态。他说，国企的节奏太慢，提升的空间也有限，更何况关于熬资历的事情他想都没想过。

同学把他的微信推送给我，我通过验证之后开始从朋友圈里看他的生活。

李明肇第一条微信消息发布的时间是2014年1月1日，内容是四处奔波的2013年，8张配图，从威尼斯到瑞士，从米兰足球赛到湖边木栈桥，沿途的风景美不胜收，让人艳羡。再翻找其他的内容，都是各种跟科技有关的文章和他自己研发成型的机器照片了。

我看到其中一条微信消息，拍摄了一台由一大片橘红色的线团组成的3D打印机，我被震撼到了，因为那种只会出现在科技周刊上的东西，竟然被身边的人做出来了！

那条微信消息的时间是2014年3月，他还在意大利，正打算用这台3D打印机打出一副麻将送给一个科技牛人作为见面礼。

我第一次见李明肇是在图书馆的咖啡厅。他看起来像个清秀的少年，白，偏瘦，短发，戴黑框眼镜，穿一件灰色T恤，背了一个黑色双肩包。

如果在街上擦肩而过，我应该很难相信他在从事与科技有关的工作，更多感觉是他的文质彬彬，大概会猜测他是个文字工作者。

朋友曾经跟我说，他去过李明肇的工作室，一进去像误入了科幻片拍摄场地，都是机器、零件，十分有趣。

我也因此对李明肇充满了好奇，见到他之后，就问他为什么会想着回国创业，毕竟如今很多人都忙着出国定居。

他笑了笑，回答我说："国外是挺好的。但我在意大利的生活太舒服了，好像一毕业就进入了养老模式。上班喝咖啡，中午吃意大利美食，四点半就下班。公司给租了环境很好的公寓，公寓前面有一个湖，我经常围着湖骑自行车或跑步。但这不是我想要的生活。我并不是莽撞地做了回国的决定，其实考虑了很久。现在整个欧洲的经济状态都是疲惫下滑的，创业氛围也比不上国内或美国。我从去年三月份就开始思考什么时候回国创业、怎么创业、创业做什么了。"

当然，创业的环境并不是李明肇回国的直接原因。他在工作过程中发现很多问题都是可以用智能软件解决，并且觉得自己有能力来做成这件事。确认了这一点，他才真正下决心创业。

他还在国外的日子，就开始利用网络调查了许多关于智能眼镜的资料，细致了解了全球这类产品的发展状况、研发程度以及在深入做这件事的团队。同时，也学习了许多关于这方面的技术，迅速沉淀自己的知识，夯实这方面的基础，为回国真正开始做准备。

2. 从来没有想过不做了，困难不是不做的理由

北京的8月闷热难耐，整座城市像一个巨大的蒸屉，人与物被热气笼罩着。李明肇就是这个时间被公司派回国的。

他开始利用业余时间创业。没有立刻辞职的原因很简单，因为公司里只有他一个人会讲意大利语，与欧洲公司的对接还需要他来主持。

那段时间，他真的要忙疯了。每天都处在奔波中，下了班从顺义的公司出发去海淀，在海淀找一家咖啡厅做关于眼镜的研发，晚上再坐地铁回通州住的地方，回到家都会超过十二点。

如果是你，你会觉得累吗？答案应该是肯定的吧。但李明肇却觉得，做自己喜欢的事情并没有那么累。除了压力会大一些之外，他觉得那种充实感很棒。

回国后不久，他其实就开始着手组建团队的事情。根据技术、

软件、硬件和兴趣等条件筛选合适的人，一直到十月份，才算组齐了五六名核心人员。这几个人同样很牛，来自腾讯、北大、南大、南航，近期团队里还加入了锤子手机的元老级工程师。当然，中关村原本就是个卧虎藏龙的地方。

他说："当时像打游击战一样，今天在这家咖啡厅，明天到那家咖啡厅。而且我们的装备比较夸张，一群人拎着大包小包，各种器材，一堆电线、电烙铁、电焊器和稳压电源。有时候服务员看到这么多东西还会拒绝我们入内。"

像这样到处找有电源接头或包厢的日子，李明肇就持续了很久。几个人就在这样的环境中奋斗了四个月，画电路板、电路图，写软件，找驱动，跟厂商之间配合，在这期间李明肇还要自己去找供货商。到2015年2月，AR智能眼镜的核心部分终于制作出来了。

说实话，他讲这些步骤的时候，我只能回忆一下初高中的物理实验课，很难有代入感。但依然能感觉到过程中会遇到重重困难，就像他说的，大部分事情是不可预知的。

"创业要考虑的事情很多，一方面是融资，我需要想方向，产品做出来应用在什么场景，这些需要不断地去验证。毕竟我们做的是一个新东西，一开始自己也不太确定这个东西会有用；另一方面都是一些比较琐碎而实际的问题。比如，今天早上我去代加工厂那边，发现工业设计给我们做的东西不合理，但这个手板设计已经出来了，现在需要再改。手板只是第一步，之后还要模具开发，有经验的模具工程师告诉我，像我们手里的这版设计是没有办法开模的，肯定要大幅度地优化。”李明肇说这种类似的事情很多。

但，这些都没有让他和团队退缩。包括我们见面的早上，工厂还在跟他反馈电路板有问题，他并没有急躁，而是与团队一起一点点地处理。

人最怕被小事消磨时间。那些小事看似无关紧要，不过一件件处理起来很耗费精力。这个过程太容易急躁，就像你栽种的果树需要一棵棵捉虫一样，那是一看起来就让人想要放弃的过程，但想要果树健康就得除去害虫，这是必做的事情。

李明肇说：“这些问题都得去解决，有时候遇到一个问题，很多东西就是要推翻重来。但我从来没有想过不做了，困难不是不做的理

由。而且，在我看来，创业没有失败，不过是一次一次解决问题。解决不了那就换个方式，哪怕最后这个产品不成功，再换个方向，世界这么大总是有很多的东西可以做。”

他问我：“我想知道其他人觉得什么是困难。”

我一愣，想了一小会儿才回答他：“许多人因为种种原因没有办法做自己想做的事情。这些原因有些是客观的，有些是主观的。对他们来说，父母的反对、经济压力、个人性格等都是困难。”

李明肇又吸了一口冰沙，问我：“这叫困难吗？这好像不能成为阻止自己努力的原因，人最大的局限总在于自己，外界的压力多数都能克服，但有的人选择了屈服。”

我突然有一种感觉，自己在这之前对困难的理解太狭隘了。我专门去搜了《辞海》，里面对困难的解释有两层：一，事情复杂，阻碍多；二，穷困，不好过。生活自然有困厄和荆棘，每个人都会看到命运的变幻无常，但不应该这样停滞不前。

李明肇说：“选择创业自然会有困难，其实，我现在都可以预见很多困难。但这些应该不叫困难，创业不怕事大，这对我们来说是困难，对别人来说也是。当我们团队跨过去了，那这对其他人来说就是门槛。不过，我现在说得轻松，遇到事儿的时候照样骂街。一件事情一件事情解决就好了。”

转念想想，好似所有事情都是这样，哪有什么一蹴而就的，都需要按部就班地解决，就连吃饭睡觉都是如此。太多人总是急着往前赶，反而忽略了要做的小事，而小事做多了就是大事。

3. 我想做一款真正改变大家生活方式的东西

李明肇的偶像是马云、乔布斯和埃隆·马斯克。

大概喜欢马云的原因比较简单，他们两个人是老乡，又都是跨行创业，让他感觉很亲近。他说："马云眼光很好，在没有互联网的年代选择做淘宝，魄力很大。其实他最牛的是团队的号召力，那种很像宗教领袖一样的魅力能让人产生宗教的狂热。"

李明肇曾参加过马云团队的一个活动，他看到瘦小的马云站在台上，但身上散发出摇滚明星的气场，台下的人为之疯狂。

"《乔布斯传》我看了很多遍，我觉得他是全世界最牛的产品经理。能够在客户不知道自己需要这个东西的时候，就能通过自己的理解，构建出一个世界上不曾出现过的产品，并且最后是一个改变世界的产品，让很多人都产生依赖的产品，像智能手机。"

但李明肇最想成为的人是埃隆·马斯克。他正在朝这个方向培养自己。

埃隆·马斯克是TesLa（特斯拉）的创始人，创建了四个改变世界的公司，第一个叫PayPaL，就是国外的支付宝；后面三个是一起创办的，每一个都能改变世界，一个是TesLa；一个是Spacex，私人力量发射火箭的公司；另外一个叫SoLar City。

正是为了追上三位偶像的脚步，李明肇在追逐科技的路上正不断努力。他希望自己能够创造出一款可以改变人们生活方式的产品，给人们提供更加便利的生活。

现在，他的创业团队在中关村创业大街的一个孵化器里，一群年轻人聚在一起做一件在行业内超前的事情，想一想都觉得很酷。

李明肇所带领的团队有着很好的状态，他们会相互打鸡血，将拼命的氛围迅速扩散："我们晚上八九点才下班，谁也不好意思那么早回去。作为创业公司，一天十几个小时很正常。阿里你知道吧？他们的工作时间是九九六，早九点晚九点，一周六天。互联网行业变化很快，整个行业普遍如此。"

其实，每一个行业都有一个江湖。各门各派，高手如云；其中关系，盘根错节。新人想要出头就要苦练武艺，不然很难在激烈的竞争中脱颖而出。

他听完我的感觉，觉得很有意思。不过，公司现在的情况还好，在市场上也没有和竞争对手短兵相接，而是各自在暗中潜伏。

互联网行业唯快不破，其实哪怕只是创业公司，也在着手研发下一代产品了，所有事情都要尽量提前考虑。"这个行业没有慢慢来这样的说法，最好是又快又好，快是必须的。这在行业里叫敏捷开发，快速迭代。小米操作系统一个星期更新一次，开了这样的先例，之后全部厂商都是这样子。开始做产品出来肯定是有缺陷的，但在过程中会不断地完善。就像微信一样，它更新了很多版本，加这功能不行，换一个，加那个功能不行，就再换一个，突然加了一个搜索‘附近的人’和‘摇一摇’的功能，就火了。这就是互联网行业。”

我突然有些释然，也明白了自己为什么还没有成为更好的写作者。一个人只有为自己想做的事情投入百分之百的努力，才能有资格获得百分之百的回报。

李明肇之所以能够研发出智能眼镜，是因为他在许多人睡觉、玩游戏的时间选择继续做事情，在整个团队已经做得很好的情况下还在费神地思考战略方向。

我很好奇第一代产品能够用在什么方面，他说主要是针对B端，一些工厂、医院等。他曾模拟过比较常规的使用场景，并解释说：“假设，你是一个上海的客户，买了北京的一个机器产品。用了一段时间，这个机器出了故障，你就要打电话请北京的厂家派人过来修。接到反馈要一天，派人过来也要一天，要等两天；如果你这个东西是从国外买的，你可能要等一个月、半年，甚至更久。这个时候停机费、误工费，损失很大。产品派人过来，有这样几种情况。也许困难很简单，十分钟就搞定了，但你要为他承担差旅费、服务费，你要付很多钱；问题太严重了，他解决不了，必须再从总部叫人过来，又要拖很长时间，你还是要花更多钱。如果你有了我们研发的这款眼镜，你就可以戴上它，上面有摄像头，在有Wi-Fi的地方连上网，就可以进行第一人称视角远程直播了，你看到什么景象，我就可以看到什么景象，这个时候就可以指导你进行操作了，沟通起来很方便，帮企业节约差旅支出和时间成本。”

这样的场景模拟，李明肇和他的团队不知道做了多少次。每次大家聚在一起，拉过椅子，胡乱地坐好，一群人开始头脑风暴。所有人畅所欲言，将想法毫无保留地讲出来。不必担心是不是太过天方夜谭，只要是好的想法，团队里的人都会认真讨论，将其落地执行。就是这样一群牛人，正在创造着让世界更美好一点的工具，哪怕只是一点点。

他们的第一代眼镜只是硬件，还有配套的软件。这款产品已经进入工厂，今年年底就能从研发品变成商品。

李明肇的征途才刚刚开始，就像学艺初成的少侠，刚刚在师父那里得到了一把上好的兵器，准备下山历练。他也是这样，带着第一代产品出山，踏上征服更多问题的道路。

李明肇作为有理想的团队领导，不希望自己的团队陷入那种无谓的价格战之中，所以他要立刻帮团队开辟出一个全新的战场，也就是他们的第二代产品。

这是一个非常有突破性的技术，有点黑科技的感觉，它能够实现全息投影。目前，市场上没有几个玩家，玩家都是巨头。一个是谷歌斥资5.42亿美元收购的MagicLeap（是增强现实的平台，将图像直接投射到眼睛达到视网膜，通过这种方式，让大脑认为它是真的）的增强现实设备初创公司，还有一个就是微软，加上牛视也只有三家。

聊起这些，他显得很活跃，像是游在水里的鱼，娴熟自在。

今年7月，李明肇和他的团队被中央电视台的新闻报道了，这对他来说是很大的鼓励。但我觉得那是理所应当的事情，当你心中有了想做的事情，只需拔足狂奔就好了，其他的，世界自然会慢慢给你。

我看他那天在朋友圈里写道："电话已经被客户打爆（客户主要来自于制造、物流业）。其实只要能提供稳定可靠的硬件平台产品，顾客会根据自身痛点找到我们不曾想到的应用场景。在这个阶段就这一大把订单等着，压力略大，筒子们该加班了。"

嗨，期待改变世界的少年，我祝你早日实现梦想。

当你的旧伤成为铠甲

成长是一段又孤独又美妙的旅程。
这个路途中，不称心的事情时有发生。
考试失败、遭遇分手、工作不顺、与家人意见不合，
只要还在成长，这些痛苦就如影随行。
但当你熬过去，你会发现那些让人濒临崩溃的伤痛
都已经结痂，慢慢成为应对新一波挫折的铠甲。

1. 没让我倒下的，反而让我更坚强

巫婆是我表姐，比我大两岁，是个充满了故事的山东大妞。

她高，瘦，英眉，少女时期矫正过牙齿。巫婆从小就长得可爱，嘴甜懂事，颇得家里长辈欢心。我从里到外都散发着一股孤僻劲儿，基本不受大人待见。那时候我一直很羡慕巫婆，觉得她能跟那么多人

愉快地相处，非常厉害。但我从来没有告诉过她。

巫婆是个三好学生，从进小学开始就担任班干部，一路拿奖状拿到手软。我妈经常对着我耳提面命，让我向她学习。但高考那年，巫婆遭遇了滑铁卢。

山东分数线本来就高，她连普通二本分数线都没过。当时家里人都替她觉得可惜，但还是劝她不要耽误了填志愿的时间。还没到交志愿表的时间，她就跟家人说，她要复读。

高考成绩下来之后，她一直心情不好，吃饭、睡觉都像敷衍，看起来就很低落。一个人的时候也不哭，但满脸沮丧。大抵是被捧了十多年，一下子摔下来会觉得很痛。

我放了暑假去看她，见到她那天吓了一跳，她又瘦了，脸上起了痘，肤色也有些暗，看起来很不健康。

八月中旬，巫婆就去了市一中的复读班。那个暑假我过得非常平淡，没有吵架拌嘴，日子像是凉拌菜里没有放调味料，寡淡无味。

我在二中读高一，两所学校离得不远，但巫婆学习课程紧，我们很少见面。

所有人都能看得出她很努力，就算假期也在忙着整理笔记，要么就是在做一道一道数学题。那是她的软肋，难度稍大就容易紧张。

巫婆第二次高考的分数提高了几十分，但还是有些尴尬。如果选一个好学校就没有办法选热门专业，如果选一个普通学校的好专业又会觉得很委屈。

当时家里人觉得她不论怎么选，都会开始崭新的大学生活了。但巫婆出人意料地说要继续复读。

高考的压力无须赘述，直到现在我还会偶尔梦见自己坐在考场里答题，手心有汗，涂完答题卡还会提醒自己检查，生怕涂错了。

我曾问她：“为什么那么煎熬，你还要选择复读？现在又不是‘一考定终身’的年代。”

她笑了笑，搅着必胜客的甜品说："一开始就是不甘心吧，所有人都劝你将就一些，但人生是我的，我不想将就。我也知道不必非要通过考试，但你总绕不过考试不是吗？出国留学、考研深造、职业证书，这些哪一个不需要考试？考试并不是目的，我是强迫自己不要害怕它。就像面对其他难题，绕不过了就硬扛吧，总会过去的，同样的道理。"

巫婆第三次考了六百多分，进了中国石油大学的法学院。

就像巫婆说的，考试只是生活中的某一次筛选，或是职业道路上的某一个门槛，但不是谁都能成为学霸，在面临这些考卷的时候能轻松应答。如果你觉得你选择的事情值得，那就全力以赴去做，失败了还有机会翻盘，不要畏缩不前，或是一蹶不振。

2. 那场暗恋里，她是最后离场的人

巫婆在大学里混得风生水起，一副要与过去高压生活决裂的姿态。刚上大学时，她就参加社团、班干部竞选，系里的活动也少不了她活跃的身影。

巫婆也开始出去旅行，拉上宿舍的其他姑娘，看海登山，走街串巷，去看过许多大好河山，经历过许多次颠簸的晕车之旅。

我以为她过得很好，至少比我要精彩得多。但每个人都不是把全部的自己做成PPT在生活的投影仪下播放。

创业男就是巫婆保留的那部分。他是巫婆的高中同学，戴眼镜，不高，长得还算周正，但我并没有觉得他有多好。

巫婆大三之前一直没有正式谈过恋爱。说是学业为重，但鬼才信呢，不过心里有人，空不出地方接受新的人罢了。

创业男读大学比巫婆早两年，他大概天生就适合做商人，一进大学就卖电话卡。从市场批发了校园卡，一张能赚六七块钱，但他不自己卖，会再批发给其他人。后来还替不同的学校招生，招一个学生800块钱，就这么着攒了一些钱，才开始真正的创业。创业男大学没毕业就自己买了一套房。

但我一直不懂巫婆喜欢他什么，毕竟追她的人里不乏青年才俊。

她说："我也不知道自己喜欢他什么。可就是喜欢了，也不知道什么原因。"

我打趣她："那你倒是表白啊，这么矜持也不像你的作风。"

巫婆踢了我一脚，说："他有女朋友了。"

"这么快？"我不好意思地吐吐舌头，"我记得你那时候日记里还总写他呢。"

她应该真的很喜欢创业男吧，至少是那种不忍打扰了他幸福的那种喜欢，将幽深的心事掩藏在心底，每次见面都像女汉子一样，嬉笑打闹，从来都不表露出费力克制的欣喜。而创业男觉得巫婆就是他哥们儿，两个人高中时关系就不错，大学又在一座城市读书，自然会有很多机会见面，创业男连跟女朋友吵架这样的事情也会找巫婆倾诉。

巫婆就做了个尽职尽责的好哥们儿。

有时候我会问她："既然你们不能在一起，那你就离他远一点儿，渐渐忘了他不就好了吗？"

她说："我有时候会想，如果我们在一起了，会比他和现在的女朋友在一起更好吗？如果不能让对方更幸福，那又有什么意义呢？"

我没有办法回答巫婆的问题，她说得对，快乐的爱情是两情相悦，伤痛的爱情是一厢情愿。

不过，我想，有过暗恋经历的人都知道，那是一场没有终结的战役。你赢不了，也输不起。如果还喜欢着，那内心的甜蜜和煎熬就会一直存在。

后来，创业男和女朋友结了婚。这场只有我和巫婆知道的暗恋，无疾而终。

但她还是觉得自己很幸运，在单薄的青春遇见了一个喜欢的人，即便是没有成为恋人，也有丰厚的回忆。

巫婆大学后两年也遇到过几个不错的人，但她并没有走入一场爱情。

3. 过去没有办法消除，只能慢慢忘记

毕业后，她去了上海的一家国企。跟所有新人一样，忙起来脚不沾地，焦虑的时候又会恨不得表演胸口碎大石。

2013年11月，我给自己放了一周假，独自一人去上海找巫婆玩。那时候的她剪了很干练的发型，跟从英国留学归来的同事合租了一个两室一厅。她长久不恋爱，家里人都有些担心。毕竟，暗恋的事情家里人并不知道。而我，跟初恋分手之后也一直处于感情的空窗期。我放下行李，打开冰箱，里面放满了食物。突然感觉到巫婆在为自己置办一个家。

她给我泡了一杯牛奶红茶，然后问我：“你怎么突然想到来找我？”

我晃了两下茶包，红茶冒着氤氲的热气，落到我冰凉的鼻尖上，痒痒的。

“想你了呗，”她抬头看我一眼，我顿时蔫了，“工作不顺利，辞职之前还被无辜扇了一耳光。就跟演八点档的肥皂剧一样，公司里的一个主管惹了情债，对方闹到公司，我当时站在门口，女的一进门就动手了。这回你满意了？”

巫婆抱抱我，问：“你还手了吗？”

“当然，不过还是觉得过不去。”

她没说什么，起身打开热水器，说：“你洗个热水澡，床单被罩都是新换的，你好好休息。”

那天我们躺在双人床上，不知不觉聊到了小时候。

巫婆说：“你还记得舅舅曾扇过我一巴掌吗？”

我摇摇头。那是巫婆上小学时候的事，我并不在场。大概是舅舅在忙，巫婆有些淘气惹了他生气，他作势吓唬她，但没想到动了真格。其实舅舅和小姨经常打我们这些小辈。他们教育孩子的方式很粗暴，谁惹他不高兴他就揍谁。体能优势加上所谓的权威，总以为小孩子的世界里不需要平等和尊重。

她说：“那一耳光对我来说，特别疼。我一直想要忘记，但从没真正忘记过。可是时间总能带走很多东西。你看现在过年我还要给他拜年，假期里也会辅导惠惠（舅舅家的小孩）学习。”

我从书桌上拿了iPad玩游戏，问她：“你恨他吗？”

她说：“不恨，但很难原谅吧。”

窗外的月光透过隔纱透了进来，屏幕上显示游戏开始了：“嗯，每个人都有这样的记忆吧，我的是在青春期，敏感而自卑的个性让我总受伤，家里人的一些话常常把我戳伤。”

她侧过身，陪我一起玩，并说：“我都忘记自己是怎么克服的了，但我真的好记仇啊。有时候一难过好多事情都会从脑海里晃过，依然觉得不舒服。可能是我不够坚强吧，家里人不经意的伤害能够持续很久。”

我点头，跟她说了许多从没对别人说过的事情。她也同样，将心事讲给我听。

那天，她笑话我玻璃心。我并没有反驳。其实，我们都曾是矫情的姑娘，被简单直接的生活伤害，玻璃碎成渣，经过时间锤炼，变成了光彩熠熠的钻石。

我和巫婆去逛了很多地方，从南京路到田子坊，从老城隍庙到外滩，两个人买了手账和耳机，也吃了一大堆美食。

返程地铁上，我看着指示灯不停地提示，新的一站到了，每一次都闪烁着微小的光芒，那一瞬，我突然意识到再次出发、重新开始才是青春的意义。我们不过在生活中跌了一跤，膝盖破了皮，手掌流了血，脑子灌了水，痛了就大哭一场，之后还是要鼓起勇气变成更好的自己，去寻找美好的生活和爱情。

4. 无论得意失意，爱情总会是治愈伤痛最好的灵药

2015年年初，我得知巫婆恋爱消息的时候，我妈和二姨已经赶去了上海。

我妈是耳根子很软的外向性格，跟我爸吵了一辈子。我一直觉得她是一个非常好的厨师，能够将所有吵架的起因、过程、结果变成锅里翻炒的菜肴。等到气氛上来，油锅一热，她先抓一把葱花、干椒，撒进锅里，顿时油烟弥漫，将所有人都呛出眼泪，然后再放准备好的食材，烹制当天的招牌菜。

二姨刚好相反，她是个温柔寡言的女人，生气也不会争吵，总是默默地把事情憋在心里。跟我妈相比，她更像一个沉默的食客，安静地吞咽掉生活中的不快。但生活总有难以下咽的郁闷和委屈。

她们两姐妹年轻的时候也像我和巫婆，关系好得不得了。

巫婆打电话给二姨的时候很随性，大意告诉她："我已经有了一个男朋友，他在单位这边买了房子，我们或许会结婚。"

二姨听完先是很高兴，接着就有些担心。她跟巫婆说："过完年你就没回家，我想你了，去看看你吧。"

醉翁之意不在酒。巫婆帮二姨和我妈订了车票、酒店，但她恰好跟男友吵了一架。

我妈和二姨刚到的第一天，两个人还装作没事，带着她们去吃饭购物。我妈见了真人之后，还夸小伙子挺帅气，靠谱。

但剧情急转直下，巫婆和男友吵架的事没瞒住，到底被她们发现了。

二姨一看就不放心了，立刻鼓动巫婆说：“那个在清华大学读博的谁谁不是在追你吗？我看着他挺好的，你要不要再考虑考虑？”

这不合时宜的提议，仿佛在油锅里倒了一碗水。巫婆被溅出的热油烫得起了水泡，但她对伤绝口不提。

巫婆心里正郁闷，索性给男友打了电话说分手。

男友也早已经跟家里人说过巫婆的事，顿时成了两家大人在沟通。

男生家长通情达理，打了电话，发了长短信，体谅劝说的话说了一箩筐。我妈顿时倒戈，开始支持巫婆跟男友和好。

二姨有点动摇，但临走也没有松口。她大抵希望巫婆能够更幸福吧。在二姨的人生中，领略了吵架的爱情，它终究会消磨相爱最初的美好。

我妈在电话里告诉我，巫婆和男朋友分手了，让我劝劝她。

但我很难开口，我知道巫婆喜欢上一个人有多不容易，跟喜欢的人分手，真是一件伤敌一千自损八百的蠢事。

2015年5月，单位安排我去扬州出差，行程最后一天是去上海参加一个博览会。那天正好是周五，参加完活动之后，我改签了车票，打着伞拎着行李赶去巫婆的小公寓。

上一周我跟巫婆在线上聊天，她跟我说很焦虑，关于司法考试、跳槽、跟上司的关系，每一件都让她想要遁地出走。

困扰能让人清楚地感知到消耗，时间、青春、精力，像投入大海的一滴水，令人恐怖地消失了。

我原本以为自己是去找她谈心的，所以临去的路上，还特意翻了翻心灵鸡汤的案例，打算先治愈一下刚投入新工作的自己。

那天，她带了一个人来接我，是个看起来很可靠的人。

我们三个人去喝了一场酒。

下了雨，淅淅沥沥的，像一首小步舞曲。

巫婆点了许多烤土豆、烤鱼豆腐和烤扁豆。那是我们喜欢吃的菜。

我端起倒满黄酒的玻璃杯，对男生说：“你可要好好照顾她，不然我饶不了你。”不等对方说话我一干而尽。

巫婆捶着桌子笑：“你演电影呢？咱俩喝黄酒，他喝啤酒，你干了亏不亏？”

那天我们三个人喝了很多酒，说了很多话。

我和巫婆醉得一塌糊涂。

雨下到半夜就停了，我清晰地记着自己蹲在浴室抱着自己天旋地转的感觉。

第二天醒来的时候，我对巫婆说：“你跟你男友打电话说，不要来接咱俩了，我要自己去车站，太丢人了，第一次见面就喝醉了。”

她一下子把腿压在我肚子上，说：“我也是第一次喝醉好吗？他已经快到了，刚才发短信到楼下了。”

我转念想，巫婆到底是喜欢他的吧，可以放心地在他面前喝醉，不顾形象，少了矜持，放松地谈笑。

他或许没有办法帮她解决工作上的难题，但能时刻陪伴着她，度过那些难捱的日与夜，像是最忠诚可靠的骑士，肩负着守护者的职责。在生活的长河中，巫婆找到了属于她的一叶扁舟，小而踏实，可以陪她乘风破浪，伴她撑过漫漫黑夜。

所有人成长的路上，都会遇到荆棘，都会被划伤。有人是考试落榜，有人是创业失败，有人是遭遇情殇，各式各样，但这些伤口终究会被时间神奇地治愈。

当旧伤成了铠甲，我们早已变得足够坚强。

嘿，别怕受伤，所有人都一样。

努力，是为了不辜负自己

朋友跟我聊天的时候，
说想不起自己小时候最想做的事情了。
到最后她说："我只记得小时候的梦想是考古。
但是那时候还小，从没有人支持我，
觉得是异想天开，所以我没有为之努力就放弃了。"
我叹息一声说："每个人都曾有想做的事情吧，
但有些人时间久了就忘记了。"

1. 雨水：冬去春来，气温开始回升，但冷空气活动仍十分频繁

2015年2月19日，正月初一。

我拜年的时候还在盘算着，给了小侄女500块钱压岁钱，给了爸妈3000块钱，给爷爷买了过节礼品，辞职前结清的工资只剩下一万七

了，回北京之后还要交3500块钱的房租。顿时，对着灶王爷磕下去的头都重了几分。

后来，我去了一家互联网创业公司做文案策划，工作的内容还是与文字相关，当然，薪水也可以。

入职当天，我就在当当网买了三本书，一本《文案创作完全手册》，两本与互联网相关的入门书。

互联网公司的氛围很好，大家打打闹闹，并没有很清晰的上下级观念，最让我觉得有趣的事情是每天下午一群人头脑风暴。

当时我们正在准备开发一款职场问答类APP，类似“知乎”，但是细分的一个垂直产品，更像“优米”。～

我住在石景山区，早上七点半出门，步行20分钟到八宝山地铁，乘45分钟地铁到永安里站，在7-11便利店买一杯豆浆和一个面包，8:45～8:55到公司。

我经常加班，尤其是刚入职的前两周。老板希望尽快将框架整理出来，我和另外两个文案，既负责想产品框架又负责想内容功能，天天被名称、栏目、slogan（品牌口号）折磨得要死要活。那段时间，我搜索了几乎所有功能相似的网站或App，下载安装，注册试用，每天手机净收到验证码，叮的一声，我都不用点开就习惯性地输入六位数字。

可我对这个项目还是有些抵触，我一直以为自己进了公司是来做文案推广的，当然，当时老板答应的是来写故事。

不过，我觉得既然已经决定要做的事情，还是要努力做好。这是我一直信奉的原则。

跟我一组的文案，是个北京男孩，做事圆融利落。另外一个不经常见面的姑娘是老板的朋友，叫Carmen，很漂亮，思路很灵活。我们三个人聚在一起开会的时候，让我觉得跨行也没有什么不好，能够学到很多新鲜的知识。

但在我入职半个月的时候，公司里的美术总监离职了。我们一群人在旁边的中餐馆为他送行，饭吃到一半我就觉得气氛有些怪异，但说不出到底哪里出了问题。

当然，我从没有想过公司会分崩离析，毕竟老板是个官富二代，身价怎么也值千万。

之前我还信誓旦旦地跟室友说："老娘的本命年总算过去了，这回怎么着也算找到了一个靠谱的工作，满谷满仓的粮食，有事我养你啊。"

室友见过我老板，也拍着自己半斤重的胸脯说："放心，你早该触底反弹了。"

自从美术总监离开之后，公司陆陆续续走了好几个工程师。我算是见识到了互联网公司的大迁徙，偌大的办公室，陡然间变得空空荡荡。

我再不需要加班，还有了空余的时间写文章。

3月15日，中午，我用微波炉热了自己从家里带的午饭，清炒茶树菇、胡萝卜炒肉，一小碗紫米饭。热饭的三分钟我打算发一条微博，第一句写道："我很少认为自己优秀。"但我很快发现140个字不足以表达我当时想要说的话，所以，我将饭取出来放在一边，用文档写了一篇1500字的稿子，然后发到了豆瓣网上。

这篇稿子叫《成长是与不够优秀的自己和解》，它很快被推上了成长页，隔了两天就上了首页精选。我突然增加了许多关注，有很多人给我回应，并点了喜欢。

而我刚好空闲，没有工作的时间我就分分秒秒地刷网页，回复评论和豆邮，并且接连又写了几篇文章。

或者说，我一直坚持写作。从十八岁算起，我现在练习写作已经七年了。高中时候，练习写青春故事，一篇篇写在本子上读给同学听；大学期间，研究过《萌芽》杂志的文章，在"榕树下"连载过两部长篇，给许多杂志社投过稿件；后来，为了能够继续写作，应聘进了杂志社。

这么回想，我好像从来没有间断对文字的坚持。

开始收到编辑主动邀稿的时候，我心里非常忐忑，有些不自信，总觉得自己像捡到了便宜，而这便宜随时会被人发现，然后被追回。

那种患得患失的情绪还没有持续太久，我就接到了《青年文摘》编辑的豆邮。她想要转载我一篇文章，并联系我删减一些内容。

我发了朋友圈，身边熟悉的一个朋友给我发信息说："你开始慢慢走上正轨了。好好写吧，写出内心想讲的话。"

那一瞬间，我泪如雨下。

说起来，我并不是个泪腺发达的人，小的时候还因为“不会哭”被我妈拧着脸颊上的肉教训，简直是泪腺干燥到不知道如何落泪。

我边擦眼泪边回复他：“就知道说好听的，不是你嫌弃我写得像狗屎的时候了。”

大概，这么写会更加让我坚信我是没有天分的作者。语言的表达不够出色，写不了不让人厌烦的大段独白，也没有脑洞大开的构思，总之写起东西来寡淡而平凡，像是素面朝天的女子，却一心想着能够招摇过市。

2. 谷雨：雨水增多，利于谷类生长

4月20日，我在家里写了一篇叫《所有转身离去，都是为了遇见更好的自己》的稿子。故事里的琨大美就是我室友，她陪我一起度过了动荡的2015年年初，也见证了我触底反弹的全过程。

写完稿子的那个周二，我接到了年前曾过去面试的美食杂志的电话。对方是位女士，声音礼貌干练，她问：“你这周四能够来杂志社三面吗？年前我们总编去韩国了，最近才抽出时间来面试。”

我心里一顿，有些不知道回复什么，大概过了三秒钟才说：“好的，那我需要准备什么东西吗？”

她答：“你带着作品就好了，周四上午十点。”

我挂了电话，不得不梳理一下现在的情况。当时，互联网公司已经只剩下三个人，两个文案，一个老板。前几天会计和前台的姑娘都离职了，我临时承担了好几个职务。

我一直在心里犹豫要不要辞职，每次晚上下班，我边做饭边问琨大美：“如果是你，你会怎么选？”

她穿着睡衣，站在厨房门口，盯着我切菜，说：“其他人都走了，你留下有什么意义呢？再说了，做的工作到底不是你最擅长的。现在杂志社那边让你过去面试，这是好事。”

那家杂志社有两本杂志，在行业里做了近三十年，杂志销量和品质都很不错。其实，没过年之前他们就在复试的时候回复过我，去写菜谱的那本杂志可以直接入职，但另一本写经营管理的并不缺人，所以，录用有些困难。

但我无意写菜谱，比较直接地表示想写经营管理。后来，他们也就没有再联系我。

关于周四的时间，我觉得真的很巧合。因为上周周六日加班做问卷调查，我和唯一剩下的同事调休两天，正好周四、周五有时间。

晚上下班回家，琨大美已经在准备做饭。厨房开着抽油烟机，她正在切泡好的木耳，平稳下刀，然后是新鲜的芹菜。

我换了鞋，在洗手台帮忙洗盘子，略微纠结地说：“杂志社那边让我去面试，我答应了。但还没有想好怎么跟公司这边说。”

琨大美朝锅里倒好油，热了一会儿，她朝后躲了半步，放入葱姜末、蒜片、干辣椒，顿时辣味窜入鼻腔，我连忙把旁边切好的木耳和芹菜递给她。

她边翻锅边笑着说：“我一直觉得你比较适合杂志，现在这样不是更好吗？”

我明白琨大美的话，但心里觉得有些别扭，对互联网公司有歉意。它曾在我比较困顿的时候帮助了我，让我认识了一些人，进入了新的行业。

这些都是我一直没有离开的原因，但我也清晰地认识到，那的确不是最适合我的。

四月末，我进了美食杂志，开始了奔波的、忙碌的、与文字紧密相连的编辑工作。大概写字能够让我有一种安定又舒适的感觉，所以，不论再忙再累我都没有想过放弃。

入职第二周我就接到了出差任务，先去扬州，之后到上海。那是一段回想起来都会觉得超级赞的日子，我忙起来有些不分昼夜，上班时间抽空向同事请教问题，下了班也会晚走一会儿查资料、做功课，希望尽快掌握这本杂志所需要的行业知识。

后来，我陆续去了长沙、郑州等城市出差，每一天的行程都很满，要采访十多家当地优秀企业，就这样接触了大量的成功的餐饮人。

我在跟他们的沟通交流中明白了一个道理：在这个领域成功的人，他在其他领域也会成功。他们拥有的优秀品质不会因为更换行业而丢失。

从郑州回来的动车上，同事靠在座位上休息，我不知怎么就想起自己前两次到杂志面试的情景。初试比较简单，就是填表格、回答专业和生活类问题、解决两份校对稿，整体下来用了一个多小时。人力资源部的甄姐和郭老师都很nice（性格很好），特别有亲和力，面试的过程不会有压力。

复试的时候，问题相对专业，面试官是从事杂志编辑的资深人士。我在面试之前专门研究了杂志社的两本杂志，并针对经营管理的那本提出了详细的修改意见，以第7期杂志为例列了一张单子，并用不同的便签贴在有问题的杂志内页，方便面试过程中翻阅。

我还准备了自己之前的杂志作品，也准备了一些发表在其他杂志的打印稿，既然是记者编辑工作，那文字功底和从业经验都需要展现。

其实，做所有事情都一样吧。天分固然有利，但对于像我这样的平凡人来说，努力和尽心更加重要。一个人对于喜欢做的事情，一定要竭尽全力，就算不是美好的结局，你也不会觉得遗憾，更何况它有可能峰回路转。

生活充满了戏剧性，你我恰好是某一部剧中的演员。兜兜转转，我还是回到了杂志行业。

3. 大暑：正值中伏前后，是许多地区一年中最炎热的时期

我的七月份，又热又闷。

我像是太上老君炼丹炉里一颗没有修炼好的丹药，正在接受着炙烤和煎熬。我不知道什么时候才能真正修成正果，总觉得高温要把自己融化了，我即将贴在炉壁上被燃成一把青灰。

那时候北京已经热得像蒸笼了，日均最高气温31℃。我每天一睁眼都会先拉开窗帘看外面有没有下雨。我开始改乘公交，因为公交上开着空调，冷气增加我对上班的愉悦感。

生活似乎步入了正轨，周一到周五上班，周六写稿、按摩、看电影，周日睡到自然醒，然后买菜、做饭、跟我妈视频聊天。

那段时间，最令我纠结的就是自己的写作。我总觉得自己写得不够好，经常半夜猛地从床上跳起来翻本子，记录那些临睡前才会浮现出来的句子。

一些杂志和App也开始向我约稿，但写起来总觉得没有自己随意写的时候有趣。我猜自己身体里有一个关于写作的血槽值，标准的刻度，有灵感的时候是满血，没有灵感的时候会枯竭。将灵感付诸笔尖的时候，血值会一刻度一刻度地减少。所以，我每次打好了腹稿也迟迟不愿动笔，就算动笔写到一半的时候也会停下，起身倒水、翻杂志、玩手机，等时间一分一秒过去，我的愧疚感灌满刚才消耗的血槽，才会继续写下去。

这些停顿，读者阅读的时候是能够感受到的。

所以，稿件真正发给编辑之前，我都要看上三五遍，先修改错字病句，再调整一下结构内容，最后是将核心部分重新润色一下。

我枕头两侧放着书、本子和笔，左侧是这个月看过的，右侧是还没有看的。正在看的里面会夹着叶子禾手绘的书签，放在床头柜上。

我和琨大美每个月会抽一天时间去首都图书馆还书借书，她们杂志社比较忙的时候，我会帮她借书。从八宝山站到潘家园站，一小时十分钟，出站后走一小会儿，能够看到许多摆摊卖玉石的人。

他们看起来多半是新疆人，偶尔会拦住过路的行人兜售，一副你不买就吃亏的说辞。我还见过穿袈裟的和尚被拦住，中年和尚很礼貌地拒绝了。我每次拎着两袋子书路过，完全腾不出手看石头，卖石头的人常常因此而放任我过去。

我读书很杂，不成体系，所以借书也没有规律可言。我曾跟朋友讨论过读书这件事，所有想要写作的人都不要拒绝读书，这是沉淀自己、靠近自己的一条路。有人问我写作有没有捷径，我说有，那就是练笔和阅读。

最近几个月，我刚从日本文学读到欧洲文学。暂时还在读一些有名气的作家，他们或是获过大奖，或是作品知名度较高，好在读起来并不晦涩艰深。

有一阵子，我选书特别随意，走到国外文学区域，先是盯着书架看，读到有趣的书名就抽下来放进借书袋子里，就这样一直选够十本。

另外就是在豆瓣网关注了一些博览群书的人，我会隔一段时间看一下他们标读的书，比如王大根、康若雪、流氓书生等，我会从短评里挑一些喜欢的书去读。

从图书馆借来的书还没读完，Y从威海来北京找我去张北音乐节。她看痛仰乐队，我看男神李健。

Y一出站就说：“我在海边还要穿长袖，到这里差点热晕了。”

“你没见北京站旁边天桥上的乞丐都少了，都嫌热躲到地铁里了。”我笑着说。

我大概是想逃离北京的吧，所以觉得Y像个行侠仗义的侠客，助我脱离烦躁闷热的生活。我和她已经半年未见，但聊起来就像没有分开过。

从张北回来，七月份马上要过去了。我也略微找回了写作的感觉。海明威说过：“创作的目的全在于向读者传达一切：每一种感觉、视觉、感情、地点和情绪。”我想，只要去写，你就会越来越知道自己要写什么。

这个过程或许漫长，但终究会结束。你越早开始，它就越早离去。

4. 秋分：日光直射点又回到赤道，昼夜等长

9月23日，秋分，是我的生日。

那天是周三，我上午有一个采访，下午回杂志社开会。我坐在公交车上想：这日子平淡得能当漂白水了。

回到家，琨大美送给我一件生日礼物——一支樱桃粉的口红，她说："十六，生日快乐，希望你永远写下去。"

我笑着说谢谢。

这个生日，我收到了一些手写信和礼物。我住在一个老式居民楼，楼下的信箱已经锈迹斑斑，我大概是唯一还在使用信箱的用户了。人们已经习惯了短信、微信、邮箱，即便是纸质文件，他们也开始选用快递，没有人想要停留下来感受拆信的快乐了。

其实，是我要求朋友们给我写信的。每每从信箱里取出信件，我都会觉得满足。有时候邮戳未干，还会蹭到手上。我一封一封慢慢拆开，从信封里抽出信纸，展看，逐字逐句地读。大多是祝福的话，还有一些属于我和朋友的共同回忆，文字能够触动情绪、带动情感。我想这就是文字的魅力。

如果说这个生日最巧合的事情，应该是当天收到小诗从云南邮寄来的明信片。她在上面写："以梦为马，随处可栖。"

八月份，小诗到北京出差，我和她约好了在双井吃饭。毕业之后，我基本没有见过她，印象里的她还是短发、瘦、笑起来有酒窝。

这次见她，我略微有些惊讶。小诗留了长发，气质温和了许多，但聊起来会知道，她还是那个她。

我们从下午聊到晚上，两个人轮番讲自己的事情。她身上又发生了许多传奇的故事，我答应她一定要记录下来。小诗说起上次我写她的故事，她发到朋友圈里，家里的长辈纷纷留言让她珍惜这个写作的朋友。

“我深圳的同事都说那篇故事里的人不是我，可能他们眼里的我是个逗比（网络用语），完全联想不到特立独行这样的词语。但我爷爷让我珍惜你这个朋友，他还用了挚友这个词语。我姑姑说得更具体一些，她说你能看到别人看不到的东西，善于记录和观察。可能一个人身上会发生一百件事，别人会看到九十件关于吃喝玩乐的琐事，而你能够发现那十件代表当事人性格、想法的要事。”说完，她递给我一本大冰的《乖，摸摸头》，“这是我很喜欢的一本书，也是写身边人的故事。”

我有些不好意思地说：“谢谢你和你家人呢。这是写字带给我的另一个收获，算是很奇特的感受。”

是吧，这一年写作给我和我的生活带来了很多内容。

如果以75岁算作一生，我已经度过了三分之一的生命。我都做了些什么呢？好像有很多，又好像什么都没有。我心底的火苗还在燃烧，还对生活怀揣着希望，还想要去更远的地方，但我不再鲁莽和轻狂，爱起来更克制，走起来更坦荡。

这大概就是所谓的成长。

我努力做了许多事情，绝大多数都是关于写作的。读大学是为了学会写作，但发现大学里并没有课程教人写故事。去杂志社是为了靠近写作，但发现编辑的许多工作是联系作者和采访对象。而我只能依靠自己慢慢摸索，不断试错。

从写零碎的心情，到写略微完整的故事，我用了很长很长的时间。二哥曾对我说："让每一个作者都不同的是思想，你需要写有思想的东西。"我以前总会用阅历不够来搪塞，说自己还小，写不出那些大气磅礴、感人至深的故事。但后来我才发现，见微知著、由表及里也是一种写作，小人物、小事情也不乏至情至性，不过是我不写罢了。

借口，从来都是留给弱者的。这是我慢慢知道的。

我很庆幸自己喜欢写作，并且为之坚持了这么久。做这些并不是为了获得别人的肯定，只是这一路给了我很多不同的感受。

说起来，我还是不太会写，所有故事都是一件一件小事，它发生在我周围，我看到了，觉得它散发着光，就像珍珠一样。我用文字把它们穿起来，做成项链，戴起来给大家看。有人夸赞它们柔和莹润，但也有人嫌弃廉价劣质，但事实是，我戴我的，并不是为了讨好对方。

我活在这个世界上，希望能够遇到赌上人生的爱情，想要拥有两肋插刀的友情，更贪心地渴求获得亲人给予的肯定和保护。如果我经历了这些事情，我希望自己能够记录下来，将它们收藏得更长久。

但事与愿违，我至今没有一场奋不顾身的爱情，也曾在友情里遭遇背叛，家人之间的磕绊更是不胜枚举。所以我有些不甘心，就想在这不遂人意里活着，将要做的事情一桩桩一件件地做下去，直到将我所想遇见的都遇见。

我遇见了，就会记下来。

所有转身离去，都是为了遇见更好的自己

辞职，并不一定是因为厌烦当下的工作，
而是知道自己需要不断奋进。
选择，也不是轻率的决定，而是对未来的一次靠近。
更客观诚恳地说，很多人的职业道路没有办法一次定一生，
所以才要在知道前路不适合自己的时候，
懂得戛然止步，调整后再出发。

1. 选择，做一个好编辑

琨大美是我室友，一个美女编辑。

我写这篇文章的时候，她正贴着面膜写稿。我在客厅里对她说："大美，我今天写你哈。"

她对我说："好啊，一定要写我是美好的单身女青年。"

第一次见琨大美是在一个饭局上。当时，我正跟着前社长为新杂志招兵买马。他组了一个饭局说：“十六，今天要来一个小姑娘，能力不错，你给招来。”

十一月的北京已经相当冷了。

刚进火锅包间，琨大美脱了青色的棉外套，穿一件V领格子衬衣，坐在隔我一人的座位上。我仔细打量她，皮肤很白，长发，面目沉静，身材瘦小，重要的是气质很好。

其实，我早就知道有琨大美这么一个才女。我进杂志社前，她已经离职。我用了她之前用的电脑，她在D盘里留了一个文件夹，是关于读书、写作的一些工具和心得。

我仔细看完，不禁想认识她。我从同事那里找到她QQ，加了，偶尔询问一些关于写稿的事情。

酒过三巡，社长开始挨个儿介绍：“这是××琨，我以前的同事，很优秀啊！”她笑着说：“初次见面，大家好。”

社长又接着介绍，说完我，她突然出声：“你就是十六啊，QQ里聊过，好巧。”

琨大美是个性情直率的人，席间我们就隔着一个人推杯换盏，常能因为一个话题引出另一个话题，从文章、作者、衣服、包包到电影都能聊出火花，大有相见恨晚之意。

吃过饭被拉去K歌，直到午夜才结束。社长和我担心琨大美一个人打车不安全，就让她跟我一起住。于是，第一次见面我们就一起住在了我租住的地方，两个人聊到凌晨三点。

我一直没忘社长的嘱咐，随口问她："你要不要来新杂志啊，继续做旅游啊，写稿啊，到处飞啊。"

她平躺在我身边，停了一会儿缓缓地说："其实，我来之前就大概猜到了社长的意思。不过，我并不打算离开现在的杂志，它还能让我学习一些新东西，接触一些文化层次比较高的人。还能提高的时候，是不适合走的。当然啦，今天最开心的事是能认识你哦！"

虽然被拒绝，但最后一句话很受用啊。我嘻嘻笑起来，跟她聊起别的。

琨大美当时在《祖国》杂志，算是比较稳定且清闲的地方。既然聊起工作，她就粗略讲了自己从大学实习到每次换工作的经历，一步一步稳扎稳打，离开时也有理有据。

她说："大二我就修完了四年学分。从南方回到北方的一座城市，在省公安厅新闻中心做实习生。没有工资，每天很忙，很充实，但我渐渐发觉那种体制内的工作不适合我。后来，我过了北京这边杂志的面试，就一个人来了。租房，实习期工资低，找选题，熬夜写稿。日子水深火热，但我奋不顾身。"

琨大美算是我身边朋友里跳槽比较频繁的了。她在《中国城市旅游》杂志的薪资才刚两千多一点，福利保障也不算好，但她坚持了八个月，直到学会如何做一个合格的编辑，而且有了许多文字作品，才辞职去了一家文化公司。

这家公司做郎朗、宋祖英等名人的宣传活动，忙起来连轴转，半夜十二点还在开会是家常便饭，但琨大美觉得很刺激。每一天忙碌得脚下生风，就是那段日子，让她练就了一身踩着风火轮，将各项事情处理得井井有条的能力。不拖延，不抱怨，今日事，今日毕。这些看起来像信条的句子，成了她那段时间修炼出的秘籍。

但半年后，她还是跟老总提了辞职。

老总说："××琨，你知道小林（一个英语很好的女生，专门负责国外项目）走后，其他国外项目的重心会向你这边转移，那你还要辞职吗？"

琨大美很诚恳地说："我知道。但我也知道了活动宣传不是我想做的事情，虽然我能将它做好。"

2. 合适的，才是想要抵达的远方

辞了职的琨大美还没有来得及休息，就接到了陕西卫视的面试电话。当时陕卫投了几千万在北京做四五个项目，其中一个叫《华夏微电影》，琨大美成了第一个进这个团队的编导。

刚入职第一周，她就忙着和制片人、副制片人筹划启动仪式。活动很大，活儿多得像满天星的小白花。琨大美曾连着三天凌晨四点才睡，累极了就窝在沙发上睡两个小时。天亮了，依旧正常工作。

筹备一周的发布会，邀请了央六的主持人来做司仪，导演陆川等名人来捧场，整个活动结束的时候，琨大美松了最后一根弦，瘫坐在会场的椅子上。

制片人笑说：“你还真是个女金刚。”

后来项目陆续外包出去，琨大美怅然若失。她虽然拿着七八千的工资，但变成了节目传输员，并不能真正接触到节目制作，学不到什么新东西。

对她来说，在毕业后的前几年，高薪资是锦上添花，能学到真本事才是雪中送炭。关于职业规划，她更多是在一次次工作中，寻找到更加清晰的下一步。

然后她再一次辞职了。

回忆起那段经历，她对我说：“从7月份入职到10月下旬，三个月都没休息过一天。整个团队住在星光影视园附近的宾馆里。那段时间，身体不太好，早上起来都会觉得脸是浮肿的。后来我就想，身体是根本，不能本末倒置。所以，我开始注意起休息、饮食。健康才能享受长久的生活。但身体原因，并不是我离开的根本原因。”

她订了回家的票。刚休息了三天，就接到了《祖国》杂志的电话。她也是个闲不住的人，上网搜了搜线路，又订了返程车票。

当时陕卫特别土豪（网络用语），给团队里的人安排的住宿是在酒店。标间，一天四百多元。但辞了职就没办法继续住了，她把行李寄存在朋友宿舍。

面试前一天乘火车到北京，那一晚借住在朋友公司。

说是借住，其实更像找了个仅能歇脚的角落。那是办公室里面的一个隔间，没有窗户，只有一张桌子和一张钢丝小床。琨大美躺在床上，辗转反侧。家里人已经知道她裸辞，对此有些担心，虽未跟她言明，但她知道，如果在北京继续没有保障，家里人迟早要让她回去。她心里也很焦灼，像有一只尖利的小爪挠过心头的肉尖，痛而痒，难以止住。

她想，如果第二天面试的单位不成功怎么办？没找到工作也就不能立刻找房子，不然相距太远也不方便。难道还要借住在这间小黑屋子吗？这里也不是适合久留之地，太麻烦朋友了。

她几乎一夜没睡，清早起床，对着镜子不由叹息，其实对于前路的茫然她并不比别人少。可是只会茫然并无意义，至少她知道自己不想做什么，那离开陕卫也没什么大不了。

她迅速洗了脸，收拾妥当就告别朋友出了门。

面试完已经四点，主任当场就确定录用她。

3. 发现自己，发现好时光

琨大美在附近找了一家网吧，登录58同城网找房子，很迅速地看了两三家。

第二天搬家。第三天上班。

琨大美做事雷厉风行，不留给自己休息的时间。似乎所有事都被安排成了九连环，一环扣一环，井然有序，丝毫不乱。

那段时间，她就进入了《祖国》杂志。这是一家改制前属于国企的单位，薪资不高，三千五百元以上，但好在福利政策不错。杂志内部有十几个部门，到现在整个工作环境都跟公务员的氛围很像。琨大美在工作期间又接触了许多部长、将军，并且还帮《美好家园》杂志写人物专访的稿子。

但渐渐地她发现这个环境太安逸了，似乎不是自己想要的状态。在这里，一到中午，就有其他部门的主任说："走，今天我请大家吃饭。"然后一群人杀到饭店，郑重其事地点菜吃中午饭，席间经常喝酒。那是琨大美第一份学会喝白酒的工作，总编、主任全是中年男人，同事倒是跟她差不多大。许多职场老人，连劝酒的说辞都不断更新。她常偷偷用矿泉水换了白酒，实在躲不过才喝上一小口。

这本杂志是月刊，基本一周就能把所有自己负责的内容整理完。琨大美觉得太消耗时间，就自己看书，还报了健身班，每天下了班就去跳舞、跑步。

关于离开《祖国》，她并没有立刻做决定，而是继续坚持了一段时间。琨大美说，如果说专业技能没办法提升，那就提升待人接物的水准。这也是一门学问。

其实，那段时间琨大美也接到了许多挖角的邀请，但她都一一回绝了。对她来说，高薪资不是择业的全部标准，兴趣和发展方向才是选择的重心。我觉得她是那种每一步都走得很明白的女生，知道自己要什么，也知道如何才能得到想要的。

这可能就是琨大美身上那种笃定、自信气质的源头吧。

算起来，她在《祖国》杂志的后半段，正是我和她刚认识的时候。两个人常在线上联系，偶尔也约出去喝个东西。她讲自己的近况，学了什么东西，我则推荐有意思的电影和书籍。

记得那时候她说过："我们单位有个姐姐，孩子就在大院旁边的幼儿园上学，她整天照顾接送，工作又稳定，总说自己过得很好。我也觉得她很幸福。但转念又想，如果我已经三十多岁，有了家庭，也许会选择留在这里到老，但现在我不是啊。这时候就停住脚步，觉得有些浪费，所以还是决定要继续折腾。"

见面没多久，琨大美就从《祖国》辞了职，后来去了《检察日报》下属的一家法律类杂志，此时她的薪资已达到了她的预期，接触的也是律师界的大牛，工作生活都风生水起。

刚入职那段时间，她凭着积累的经验，从单纯写稿子的记者，到负责整个流程的编辑，这一路用了不过半年，走得顺畅且努力。她依旧要负责撰写封面人物，每到月末就忙着审核杂志的其他稿件，并且跟美编一起负责排版。充实且喜欢，应该就是最好的状态吧！

后记

许多人会不明白，为什么要不断地跳槽呢？每一份工作都有个不错的开始，坚持下去也会有个很好的结束，可在中途辞职这些就都清零了啊？！

不是的，每一次跳跃都是因为知道自己已经吸收了能够吸收的东西，或者继续待下去只是在消耗时间。

每个人的职业道路是不同的。有人适合十年如一日地在一家单位稳扎稳打，在时间的流逝中，从菜鸟变成资深从业者；有人适合不断地跳跃，像一块柔软的海绵，不断吸收知识，但它并没有固定的大小，而是能够不断扩大自己体积的神奇海绵。

人很难在一次选择中知道自己适合什么，如果选择错了，那就去选择对的，这有什么值得被批评"没有定性、不够稳重"的吗？更何况他们不是那样的人，关于踏实努力地工作，他们比谁做得都认真。

如果你想问，为什么琨大美可以走得这么好，那么我只能说："因为她对每一份工作都全力以赴，所以每一次努力都硕果累累；因为每一个选择都深思熟虑，所以每一次进步都理所当然。"

【第四章】

你总能过上想要的生活

Efforts are to live up
to their own

有一种努力，叫追逐喜欢的生活

> 活得痛快与否，不在于你拥有多高的薪资
> 或有多少外在的附加值，
> 它更多地关乎内心的需求和真实感受。
> 因为，喜欢的生活，不是你想要什么就有什么，
> 而是那份发自内心的对生活的热爱，
> 热爱你所拥有的一切。

1. 嗯，喜欢摇滚和民谣的女青年

Y是我的一个朋友。在她离开北京之前，我们曾一起合租了一段时间。

那时候我们一起聊音乐、动漫和电影，夏天会到楼下喝啤酒，偶尔也自己做饭，当然也会分享各自喜欢读的书。

在我的印象里，Y是个极度追求舒适的人，也一直以追求最舒适的姿态在生活。

第一次见Y，她刚开始蓄头发。按道理说，女生留长发应该有女人味才对，但Y看起来总有一种不分明的摇滚女青年的感觉。她没有刘海，头发随意地梳在脑后，扎一个小小的鬏，露出饱满白皙的额头，自然到不拘小节。熟悉之后，发现她穿衣服最喜欢运动衫和牛仔裤，清一色的黑、白、灰。

Y性格安静，所以，我实在难联想到她会喜欢摇滚。如果不是她执着于参加各大音乐节、许巍演唱会和五月天演唱会等，我绝对不会知道她还有这么强烈的喜欢。毕竟，生活中的Y对什么都是淡淡的。

2014年夏天，五月天在鸟巢有一场演唱会。Y很早就打算去，攒好了钱，但一直买不到票。演唱会当天下午，她跟我说："如果能遇到黄牛，就买一张票，如果没有，就算在外面转一圈也好。"

然后，她穿着运动鞋，背着斜挎的帆布包出了门。我一个人躺在床上，百无聊赖地度过了一个晚上。

Y觉得自己很幸运，因为遇见了黄牛。她掏300块钱买了票，但到检票口检票，工作人员对她说这票是假的不能进。她想辩驳什么，但又无声地退了出来，让身后的人过去检票。

她站在鸟巢外面，听阿信、怪兽、石头、玛莎、冠佑他们唱歌。一座墙，好似隔开了两个世界。

那天她回来的时候很兴奋，忍不住跟我说："我还是很幸运的，快要结束的时候，售票员把我放了进去。原本以为听不了演唱会了，没想到在外面也能听见声音，更何况我还用一张假票进去了，是不是很厉害！”

其实，我们都知道Y只是远远地站在看台上，看到了五月天模糊的身影。但她的快乐那么真实，感染了被平凡生活捆住了手脚的我。追逐什么就去努力追逐，放纵去爱，全身心地投入。五十分的难过，却能迎来一百分的快乐。这也许是Y传递给我的第一个处世哲学。

Y还有一个很喜欢的民谣歌手叫小猛，是个很干净温和的男生。他是北漂青年，常在酒吧、咖啡厅抱着吉他，低头唱自己写的歌。

我和Y夏天和冬天的时候，去“蜗牛的家”听过小猛的民谣专场。“蜗牛的家”在张自忠路的一个胡同里，窄窄的巷子，像大树的枝桠，细细地延伸出去。我们两个人走在昏黄的路灯下，路上偶尔会蹿出一两只猫，凝神侧耳能听见寂静的夜空，飘荡出关于青春的歌。

夏天去的那次，我们坐在咖啡馆里听小猛弹吉他。Y坐在我身旁，安静而沉默。

其实，除了陈绮贞，我很少关注其他歌手。但我很喜欢像小猛那样认真创作并歌唱生活的人，执着认真得让人敬服。也许，Y喜欢他们也是这个原因吧。

她对喜欢的事物，总是怀有莫大的热忱。她可以拉着我从东到西，穿城而过。两个人疯疯癫癫地谈天说地，像对这个世界无所畏惧。

2. 永远懒懒的样子，像《火影》里躲在房顶上看云的鹿丸

认识Y还是2013年3月，她到杂志社工作。Y之前在一家图书出版公司做图书编辑，办公地点跟我们一个小区，但我从没见过她。宅性，可见一斑。

成为同事之后，没过多久我们就一起合租了一个客厅。500块钱，能住一大间房子，对当时的我们来说非常满足。但在夏天，我们总要把帘子挂好才能休息，换衣服也要跑去洗手间，因为住次卧的姑娘偶尔会让她男友来住。但这些不便，并没有消磨我们合租的快乐。

Y的另一大爱好就是看动漫。先看漫画版，再追动画版。她最喜欢的动漫是《银魂》《海贼王》和《男子高中生的日常》。

我们住在六楼那间宽大简陋的客厅里，床分别放在东西两侧，中间隔着很大的距离。偶尔聊起天，都要用比平时略大些的声音讲话。

有次，我和Y聊起童年里印象很深的动画，就说起了《圣斗士星矢》和《灌篮高手》。《灌篮高手》里Y最喜欢的人物是三井寿，那个三分球神射手。“他回球队之后，变得很干净宽厚呢。安西教练心里应该高兴极了，毕竟能让一个人浪子回头，是非常大的本领。安西教练也很厉害。”她说。

虽然我也很喜欢三井寿，但我觉得跟Y价值观最契合的人物，应该是《火影忍者》里躲在房顶上看云的鹿丸。

那个即使在战况激烈的中忍考试中，也只愿意蹲在树下，幽幽

地看着天空，慵懒地感叹“云彩真好呀”的男生。就像阿斯玛说的：“他是个像老头一样懂得悠闲度日的家伙。”

Y对生活的态度，偶尔有些怕麻烦，但她一直是最能发现自然中美好部分的人。就像我们出游，她总像鹿丸一样爱看云朵，还能分析出各地云朵的不同。Y说过：“张家口的云像饺子，总是一个一个地飘散在天上；保定的云就像棉絮，一缕一缕的，比较呈条状。”

有段时间，我和Y常去小西天的中国电影资料馆看电影。遇到喜欢的片子，常常日落时去，披星才归。我们一起看了未删减版《天堂电影院》和修复版《甲方乙方》，我们就像突然老去了一样，非常安静地坐在影院里，半睡半醒，边看边微笑，有一种时间重来的感觉。

不过，我总结出一条经验：跟Y一起看电影一定不能剧透，不然她会直接推说不看了。Y还特地说起，她大学同学里有个很爱剧透的人，基本上对方推荐完电影，她就一点要看的欲望都没有了。所有情节都被提前告知了，少了许多可猜测的乐趣。她还突然正色道：“人生更应该像一场不知道结局的电影，带着期待走下去，生活才能更有趣。”

Y对生活并没有很强的欲望，她喜欢安静地活着。不匆忙，不拥挤，不要太慌乱。听音乐，爱动漫，看电影，一切刚刚好。

她并不追求质量很高的生活，更多的是对内心自由的满足。

3. 夏天的晚上，一定要有啤酒、毛豆和烤串

8月，Y辞职去了另一家杂志社，但好在那时我们还住在一起。她每天6点就起床，那时候北京地铁还是“2元时代”，她从朝阳坐到海淀，来来回回要三个小时。

夏天的时候，我们小区楼下有一个烧烤摊，一家人经营了七八年，信誉很好。我和Y常下去光顾。随意要两瓶啤酒，一盘花生或毛豆，再点几串羊肉、鱼豆腐，相互聊聊工作、生活和梦想。

夏风燥热，月光微凉，一切别来无恙。

我和Y从没喝醉过，只是偶尔买了酒放松地喝一喝，并不贪杯。最有意思的一次，是我们去中国国家博物馆看展。

那是她要离开北京前，我约她见面。两个人说去看展。我带了啤酒，放在背包里。刷了身份证，取了票，她还嘀咕：“这酒能过得了安检吗？”

我也忐忑，但稳住她说：“没事，大不了被查出来嘛。”

穿着制服的女生问我：“包里是什么？”

我在酒外面包了一层不透明的塑料袋，特别肯定真诚地对她说：“是饮料。”

她点点头，就让我过了。

然后我和Y淡定地走了几步，一转身就溜到二楼的休息椅上，像计谋得逞一样，掏出啤酒，用纸巾包住外包装，偶尔碰杯，有一下没

一下地喝着。

Y不喝白酒，即便是在工作场合需要喝，她也会推掉。对于不喜欢做的事情，她有自己的坚持。不过，Y对啤酒很有好感。有次我们出差，晚上跟当地旅游局吃过饭，他们安排我们到酒店住下就走了。我和Y穿着拖鞋，沿着城中河随便溜达。遇到一家超市，就进去买了四听啤酒，一人两听，边走边喝。

她笑着说："咱俩在一起还能喝一杯，不然有酒无人饮，也挺没意思的。"

我说："你可不能随随便便就走了，感觉你就像个抓不住的人，飘飘荡荡，来去无踪影的。"

她笑着说不会。

但她还是说走就走了，去了一个有山有海的地方。

有一阵我们非常喜欢做饭，还专门置办了锅碗瓢盆。她炒的豆腐和蘑菇最好，豆腐表面有油煎之后的金黄，但内里很嫩滑。蘑菇咬起来有汁，汤是好看的奶白色，很惹人垂涎。

Y给我煮面的时候，我喜欢站在厨房边上看她。

她穿着家居服，站在炉灶旁，拿着锅铲，俨然一副大厨模样，眼神很专注，看水沸了搁面，手里的动作很熟练，手空闲下来才和我说几句话。

等到面有八成熟，她把鸡蛋搁在锅沿上敲破一个小洞，然后将蛋清蛋黄分开甩进面汤里，西红柿也放一些。不过几个简单的动作，却被她做得活色生香，竟让我觉得很有美感。

4. 关于读书和写作

我们这群人，许多人都在坚持写作。彼此碰在一起就会常常讨论文字、喜欢的作者和最近遇到的问题，我和Y也是如此。

我喜欢上李娟，就是因为Y推荐我读《阿勒泰的角落》。Y说："李娟是个有自己语言世界的人，写散文很有灵性，仿佛在她的笔下，世界有另外一种样子。"听她介绍过之后，我就找了李娟的作品来读，看了《三联生活周刊》对她的专访，关注她的博客和微博，一下子近乎魔怔地喜欢上了她的世界。

我猜，Y对李娟也有很深刻的喜欢吧。就像她跟我讲的："李娟跟母亲一起，住在新疆那么偏远的地方。先是经营裁缝铺，后来开一家杂货铺，放牧、铲雪，到河边洗衣服。在她的笔下，你能看见阿勒泰的生机。就像迟子建写《额尔古纳河右岸》、萧红写《呼兰河传》一样，李娟是属于阿勒泰的。"

但我想Y肯定也没想到，我会那么疯狂地喜欢上一个作家的文字。毕竟，她也推荐过万城目学、加缪和卡夫卡的书，我也读了，但从未像这次一样。

关于读书、写作，我们就这样乱七八糟地成长。

后来Y搬到了海淀区，我们见一面需要提前约好。那段时间，我们都会约着去看话剧、电影或读书。对此，她还说过："咱们见面的地点都很有意思，分明聊的话题都很文青，但总选麦当劳、烤翅店、麻辣烫店这样嘈杂和人潮汹涌的地方。"她继续笑着说："咱们不是应该选一个咖啡厅或书吧聊这些才对吗？"但每次都没如愿。

其实，既然已经有了各自在咖啡厅坐着聊心事的人了，那就特别一点，做彼此在过桥米线店聊如何写稿，聊对某部电影看法的人吧。这样的朋友只有一个，也不需要很多。

后记

Y后来还是离开了北京，她喜欢更自由、舒适的生活，不紧张、不迅速的节奏。

她去了一座海边城市，继续做编辑。

在那里，散步、看海、爬山、拍照，深深地睡眠。

我今年元旦去找她，两个人吃韩餐、看电影、唱歌、看雪，依旧聊很多事情，像从没有分开过。

Y总是自由自在地选择内心最喜欢的。

她活成自己想要的样子，没有执念，没有挣扎，一切看起来云淡风轻。

我想，这就是每个人不同的生活哲学，你想要什么，就去追求什么。关于普世价值观说的，功成名就、名利双收，这些并不是所有人的追求。

对Y来说，她一直在努力地追逐更喜欢的生活。

谁能说，这不是一种理想呢？

她在那个角落遇过一阵痛

淼淼的朋友圈只有一条状态：
愿十年以后我提着老酒，愿你十年以后还是老友。
我盯着这条状态看了许久，
才郑重其事地回了一句：当然。

1. 你曾温暖地笑，它多像一朵绽放的太阳花

淼淼是我上一家单位的同事。她长发齐腰，皮肤有些黑，很瘦，嘴唇有些厚，并不是那种第一眼看上去会觉得漂亮的女生，但她很像少女时代的莫文蔚，尤其是莫文蔚在电影《心动》里的那个造型。

第一次见淼淼，还是2014年3月，她到我们杂志应聘。那天，她穿着长款天蓝色羽绒服，里面是一件白色到小腿的长毛衣，长发扎了马尾，看上去有些柔弱。她讲话的语速很快，一直在急切地表达自己

很想做杂志，也在为此而努力。

我们成为同事的时候，杂志社加上淼淼，也只有三个文字编辑，但我们还是要撑起一本杂志的写作内容。所以，淼淼一来，我就丢给她一个专题。

她负责写天津，两天就交给我一个选题策划，几个点很有意思，其中包括采访张园张彪后人和一位曾住在天津的末代格格。我过了选题，她立刻执行。那段日子总能看到她打电话、查资料、对接采访对象。

我很喜欢淼淼那份做事的态度，暂且不论是不是做得好，但常因此跟她讨论选题和写杂志的事情。她会有许多想法，也会将那些想法跟美编沟通希望美编用设计呈现出来。

但美编是一个很追求自在闲散的姑娘，她常常拒绝这种多余的劳动。淼淼又会来向我请教如何跟美编协作。其实，我们正是因为对美编的一致看法而成为更进一步的朋友吧。

每个月排版的时候，我们总会有几天聚在楼下的麦记，点一杯咖啡，一边吐槽，一边继续想如何将内容做得更好。她说起自己的文字时是那么快乐，笑起来的时候会露出洁白的牙齿，笑容很明朗。

那段时间，杂志社陆续来了新同事，吉吉和“总理”。但和我关系最好的依旧是淼淼。我觉得她做事靠谱，带着一股子浇不灭的热情。当她7月份离职，说自己考上了研究生，9月份要去成都上学的时候，我有些不知道说些什么。我既为淼淼能有更好的发展感到高兴，但又有些别样的情绪。

2. 那些像阴雨天的坏情绪

2014年8月，当时杂志社谈成了一笔合作，我和其他编辑赶赴四川做一本专刊。杂志社人手不够，我犹豫再三，还是联络淼淼来帮忙，希望她能负责一部分内容。

在去的路上，我就划分好各自的任务：淼淼做非物质文化遗产的采访，“总理”负责摄影，吉吉写历史，我写自然人文风貌。四个人各司其职，一开始合作得很融洽。但，与政府合作总是免不了修改策划案。我们的选题修改了一遍又一遍，熬了一个又一个晚上，所有人的情绪都在爆发的临界点。

有一天晚上，我们四个人聚在酒店的房间讨论选题，希望明天报给对方的方案可以更完备一些。刚过十二点，淼淼突然发作，十分生气地说：“你觉得你们都像平时的样子吗？我一点儿都没看出来。十六，你写上海专题的灵气去哪儿了？‘总理’，你总说你不擅长写作，你负责拍照，但你至少应该努力找点子，给提示对吗？吉吉，你说没做就没做，难道都要扔给十六吗？”

我们很愕然地看着淼淼，觉得她爆发得有些无理取闹。这是她第一次把所有人推到自己的对立面。

她侧靠着酒店床边，眼神很倔强。我们几个人沉默一会儿，吉吉和“总理”回了自己房间。我坐在床上有些不知道要跟她说些什么。

淼淼突然有些哽咽地说：“我不知道为什么会说这些。明明知道这会让所有人不开心，自己的心也像要裂开一样，但我还是忍不住要说出来。十六，你能明白吗？我心里很焦虑很难受。我一直担心我们做不了，就算这么努力了也做不了。那种感觉特别难以形容，像被什么东西揪在半空中，总担心自己会随时跌落。”

我走过去坐在她身边，轻轻拍拍她的背，很温柔地说：“我们都理解你，但你不应该这样。淼淼，不要轻易对喜欢你的人发脾气。事情都是做出来的，大家都在想办法，可能方式不同但都在努力。遇到事情我们应该做的是去做，解决不了的时候就做到自己能做的部分。没有必要像今天这样指责大家。”

她突然哭了，趴在床上，像个委屈的孩子，肩膀因为抽泣上下起伏。

但不久之后，她又因为另外的事情跟大家闹得很不愉快。那段时间的淼淼，眉眼里充斥着一股戾气，让她看起来很不友善。她的情绪像一个没有开关的闸口，它从不打招呼，随意地泄洪，一旦淼淼的负能量到达一个临界点，所有人都需要准备一艘救生艇，不然就会被突然决堤的洪水淹没。

编辑部并没有吵起来，但明显能感觉到一种不舒服的情绪。所有人都如鲠在喉。

那本专刊就那样磕磕绊绊地做了一个月，当淼淼交了所有稿子准备回家的时候，我约了她一起喝东西。

我们两个人聊了很久。关于理想，关于为人处事，关于以后想走的路，关于如何找到消解内心抑郁的方式。

她一直在听，我却不知道她听进去了多少。

8月末，淼淼去了成都读研。偶尔听她讲起自己的生活，我能感觉到她过得并不好。淼淼没有课的日子总会觉得孤独。她主动找事情做，或在做什么事情的时候会突然觉得没有意义，脑海中涌现出“无论你做什么都没有用，所有人都会死去，我也会死去”的声音。

这就像一道魔咒，逼迫得淼淼寝食难安。

那阵子她刚入学不久，在微信上跟我说话：“十六，我觉得自己快要活不下去了。每天都过得很窒息，觉得很压抑。”

我吓了一跳，飞快地回复她：“淼淼，你出什么事了吗？”不等她说话，就给她打了个电话。她语速有些慢，有些提不起兴趣的样子。

淼淼一直不说为什么，总是用一种很消极的情绪回应我。我很担心，只能讲一些自认为可以鼓励她的话，希望她能振作起来。

我没有办法理解她突然降临的情绪，那是一种侵袭，像乌云盖顶一样笼罩着淼淼的整个身体，她会因此变得非常脆弱，气若游丝，而坏情绪又一触即发。

她说自己很纠结，不知道自己读研这条路是不是对的，耽误这三年时间，其他人都已经在社会上略有小成，买房买车过得风生水起，而自己毕业之后，一切都要从头开始。

她焦虑于自己的处境。

我问她："你忘记自己为什么去读研了吗？"

她想了想，对我说："没有，我还是想提高自己，但我害怕世界不等我。我身边的许多人都已经过得很好了，我实习的时候遇到的一个姑娘，上个月刚来北京，她约我一起逛街，新光天地一条上万的裙子，她眼睛不眨就买了。但我还要考虑自己毕业后的方向在哪儿。我知道自己不应该这样，但总是忍不住这么想。"

我说："考研成功的你，已经比许多人好了。既然选择了一条路，那就坚持把这条路走下去。不论别人过得如何，那都是别人的生活，你要对得起你所付出的，也要承担你所选择的。"

我无意揣测淼淼的生活，但总觉得她有些压抑，一点不像我刚认识时的她——那个积极的、努力的、做事雷厉风行的淼淼。

3. 抵御一场关于虚无的战役

2015年1月，淼淼放寒假回了北京。我当时赋闲在家，约她吃饭。

她带了红茶来我租住的小屋，两个人吃了一顿简餐，然后坐在地毯上闲聊。淼淼的情绪明显要比之前在电话里好许多，她说自己报了个瑜伽班，正在跟老师学习呼吸，也读一些关于内心和哲学的书籍。

总之，在给自己寻找一个出口。

她问起我去拉萨的事，说自己一直想去，现在做学生时间很充足，准备抽时间去一次。我跟她讲了注意事项和一些个人经验。

前两天，我在QQ上联系她，问她最近怎么样。她很平静地说：“我在拉萨。”我吃了一惊。我知道，她在调整自己。淼淼开始踏上了一条抵挡虚无的路，并在这条路上想办法治愈自己。

我问她在拉萨感觉如何，她说：“没有什么特别的收获，只是越来越知道，去哪里都一样，自己永远是自己，不会因为到达了不同地方而改变些什么。如果真要说改变了什么，那应该是内心吧。”

她不再那么焦虑，内心慢慢有了一些平和，开始想要找到自己应该有的安全感。

我问她，之前那么偏执、易怒和不由自主爆发坏情绪是因为什么。她笑着说：“一起去四川的时候，我刚刚和交往四年的男朋友分手。他精神出轨，和一个女生暧昧了好几个月。我后知后觉，但眼里揉不进沙子。你知道吗？我们都已经要谈婚论嫁了，我连着哭了好几个晚上，失眠、没有食欲、浑身颤抖。我妈得知我和他分手的时候，竟然说我不知好歹。当时你打电话说去出差，我很想拒绝你，但我知道你真的需要帮忙，所以就答应了。”

我听了有些难受，想要说声对不起。

她笑了笑，摆摆手，继续说：“我从小到大都觉得很孤独。我妈一直都不喜欢我，因为我不是男孩。她养我养得很随意，经常说我又黑又瘦一点不漂亮。我身体不好，她总嫌我让家里花钱治病。所以我一直自卑，觉得连我妈都这样看我，那别人怎么可能会觉得我优秀。后来我妈生了弟弟，对我的无视和讽刺就更加不收敛了。我跟男朋友好了四年，他一直对我很好。所以，他的劈腿对我来说实在太恐怖了。当时就像天要塌下来一样。但我们都知道天不会塌。”

一个人的童年过得好不好，会对她的成长造成非常重要的影响。人在那时受过的伤害会铭记一生，那像贴在她灵魂上的符咒，无论过去多少年，那些嘲笑和讥讽都如芒在背，它刺痛你的神经，提醒你小心翼翼。即使风光无限，都会突然惊觉一切虚幻如风。

那时的淼淼，想尽一切办法抓住一些东西，但这些东西很虚无，就像流沙一样，攥得越紧失去得越快。她一直觉得自己是不被爱的那个人。为了获得认同，淼淼努力地赚钱，努力地学习，努力地想成为让家人认为优秀的人。

她以自己的方式与世界相处，又不断质疑自己的方式是不是不对。

读研的焦虑也有一部分来自家里，她实在不想依赖家人。所以，在能够走自己想走的路和需要花费家里的钱之间矛盾不已。但后来她发现，母亲虽然更疼爱弟弟，但父亲一点都不偏向弟弟。他支持她读研，也希望女儿能够做自己想做的事情。

现在的她开始接纳家人，发现他们并非如想象中冷漠；她已经与男友复合，并筹备在西藏拍婚纱照；她也将完成学业，今年10月份来北京实习。

生命中总有我们不能选择的部分，比如家庭、恋情的走向、自己内在的性格。这些事多么像某一场不知名的阵痛，无论你多么想麻痹身体，痛感总会真实地传达给你的每一个细胞。

你是否也曾在某一个角落受伤，疼痛得无法呼喊？但你终要找到治愈的方法，要给自己疗伤的机会，就像淼淼一样，学会包扎伤口，让它慢慢结痂，慢慢愈合。要知道，你是独立的个体，生来就和别人不同。

不要因为疼痛而失去自我，因为无数人像你一样流过泪、受过伤。

他站在世界的中心

夜深人静的时候，我突然想起一个人。
记忆里的他只做自己喜欢的事，
专注、纯粹、全心全意。
这样的他像一道光，耀眼，明亮，
仿佛能照亮无数人的青春。

1.青春是止于唇齿，掩于岁月

我和杨蔚认识的时候，我们都还在读大学。

他读播音系，我读新闻，两个人有交集是因为小诗。她申请了一个社团，需要人手，我过去帮忙。

回想那段时间，记得最清楚的竟然是跟杨蔚吵架，两个人针锋相对，互不相让。

他剪短短的头发，鼻梁高挺，双眼皮折痕很深，用力看人的时候会觉得眼神深沉。那个秋天，他常穿一件棕色的夹克，背着双肩包，来来回回与我争吵。

我心里暗想，这个人怎么这么没有绅士风度，竟然执着于跟女生吵架。

后来才知道，那是他唯一能够跟我多说一些话的方法。

那时候我正遇到一个让我觉得是世界上另一个我的男生。两个人相互试探、心意不定。我是他的红颜知己，需要时义务解闷，不需要时主动消失，尴尬而重要。我却没有办法干脆地说再见。

杨蔚是个很优秀的男生，至少在我们那一届是这样的。他参加各种活动，喜欢踢足球，个性直爽，很阳光。播音主持出身的他，专心地朗诵起诗歌来能迷倒一大片学妹。

而我，普通如一株草，毫不起眼。

杨蔚第一次跟我表白的时候，我吓了一跳。那时候我已经不在社团担任职务，回归到了考试大军中，准备英语考级和期末考试。他偶尔晚上睡前给我发短信，说两句自己的近况和烦恼，我忙得满脸痘，熄灯前才回复几句礼节性的安慰。

寒假前的一天，他很突然地打来电话说："我在你寝室楼前，你下来一下，我有礼物送给你。"

那天天津下了雪，空气冷冽而清新，我穿着一双雪地靴，随意披了件大衣下楼。

他就在门口。像所有等女孩子下楼的男孩子一样，故作帅气地站在柱子旁边。那天，他穿了一件黄色鹿皮外套，蓝色牛仔裤，脸上是腼腆干净的笑。

他看到我来，眼睛亮了一下，手从背后绕过来，递给我一个包裹，说："送给你的新年礼物。"

我低声说了句谢谢。大概猜测出了他的用意，但那时候我心里没有空余的位置。

我拆开了礼物，是一份当年最新一期《南方周末》，一个大笔记本，两支笔，还有一张贺卡。

他说："你用这个本子记录你所有认为应该记录的事情，让它们永远陪伴着你。"

那天晚上，我主动给他发了一条短信，说："对不起。我已经有喜欢的人了。"

时间过得很快，快到我很快忘记了杨蔚对我的关心和在意。他陆陆续续做过很多让我感动的事情，或许时机不对，或许阴差阳错，我并没有在当时当下接受他的心意。

大一，寒假后开学不久，他总在临睡前发一句晚安。而我，总是因为需要看书、写字，匆匆回复他一句谢谢；

大二，我过生日。他骑车跑遍全城，只为给我买一盘陈绮贞的正版CD。而我，没有专门的CD播放器，只偶尔用电脑听一次，一次不超过半小时；

大三，他去旅行，每到一个地方都给我寄明信片，带纪念品。而我，因为实习的事情，收到明信片的时候他早已经去了下一个地方，都来不及说一句一路顺风。

不知怎么，在收发室拿到明信片的那天，我突然想起了一件事。

有一年青年节前夕，全年级评选优秀团支部。我作为团支部书记必须做演讲的准备，当时费了九牛二虎之力做了一套PPT，而电视节目制作系拍了个小视频，杨蔚所在的播音系准备了一面巨大的画牌。

完败。

前一天，杨蔚给我发短信说学院有一个演讲比赛，他进了决赛，让我去看。我因为失落错过了他的演讲，后来听去了的学妹说，大概是关于为家乡做贡献的内容，他讲得热血澎湃。

后来，杨蔚问过我："你为什么没有去现场呢？我还准备了惊喜环节。"

我不知道回什么，索性关机了。

现在想起来，也许在他的演讲最后，会有一段对某个姑娘的表白。

直到我大三那年的生日，他托人给我一个光盘，里面是他的录音。杨蔚给我讲了一个长长的故事，从他初中的暗恋，到大学很喜欢很喜欢的那个人。故事里有关于她的日常琐事，叙述得深情而细致。

他知道她的笑，她的哭，她的爱好。他送她的白色巧克力，他利用职权在广播站播放她最喜欢的歌手的成名曲，他为她练习了一首吉

他曲，他希望她幸福。他做了那么多女生不知道的努力。

我听到末尾那首歌的时候，哭了。

他说：“我只想大声地告诉你，我喜欢你。我虽然害怕你拒绝，也知道自己会难过伤心，但我希望，等我老了，我回忆起你的时候，可以没有遗憾地告诉自己，那个愣头小子曾为了喜欢你拼尽了全力。大学、青春、人生，我最怕的不是失去而是遗憾。我希望你能幸福，哪怕这份幸福不是我给的。”

杨蔚大概猜到了我的心情，他整理好了自己的心，决定开始新的生活。

毕业后，大家各自去了不同的城市，但他每到一座城市都会记得给我邮寄一些礼物。有武大的樱花书签、有昆明的玫瑰花饼、有厦门的铁塔记事本、有广州的冰皮月饼，但每一份礼物都不再有卡片。

而我，大二时跟初恋匆匆结束了异地恋，自此再也没有投入新的恋情。偶尔也会遇见喜欢的人，但对方并没有要发展下去的心思，而我犹犹豫豫，最终失去了想要恋爱的心情。

那时候，我会想起杨蔚。假如，我曾和他在一起呢？两个人会不会有很好的回忆和结局？

我常常想，许多人答应了和我一起去西藏，但最终乘上T27次列车的还是我自己。

那些人飘荡在人海，再也没有了消息。

只有杨蔚，还断断续续地联系。他去了新的城市，开始了新的工作，有了新的喜欢的人。我偶尔会羡慕像杨蔚这样的人，天生浪漫而纯粹，喜欢一个人的时候，哪怕会受伤，也会奋不顾身地努力。

他了解和遵从自己的内心，并一直这样活着。

2. 感染力，是善良与善良相遇的馈赠

在学校的最后一年，没有课，我去了北京实习。

我离校实习不久，杨蔚和播音系、电视节目制作系的几个同学加入了一个全国巡回演出的剧组，没过多久也出发了。

那是一家北京的艺术团，在全国巡演一部叫《狼和七只小羊》的互动舞台剧，杨蔚和另外六个同学一起扮七只小羊。他们一行人从厦门出发，一路去了深圳、杭州、武汉、郑州等地，进行全国巡回演出。

杨蔚说："我们一天有三场演出，早上六点就起床，演出前要打扫剧场，剧中又唱又跳，真的很累。"

而我坐在有空调的办公室里，问他："你快乐吗？"

他说："很开心！这一路走了许多城市，看了很多风景，也跟小伙伴一起撒欢地玩。我想，以后再也不会有这样闲散又恣意的日子了。"

我深受触动，点开他的空间看，里面有许多关于朋友和旅途中的照片。他仔细地为每一张照片写了备注，有一些简短的句子作为

记录。

他的生活里有我所缺少的一种冲动和认真，对所做的每一件事的虔诚。

我不知道那些玩偶服有多厚多重，也不知道一天演三场舞台剧是什么概念，但我知道他把这一切都做得很好、很用力。

而这些事情之后，他与好友吃饭、喝酒、唱K，在陌生城市的街头拍照和买纪念品。那一瞬我不知道为什么有些感动，就好像所有人都知道有一个这样诚恳活着的人，他们围绕着他，保护着他，期望他能获得更长久的快乐。哪怕是难过了，也有不同的朋友在不同的时间赶来，陪他一起醉，一起疯，一起伤心失落。

那种感染力，是一种善良与善良相遇的馈赠。

而杨蔚身上有那种感染力。

我想了想，这种能力他一直就有，是我以前从未注意到。

杨蔚去过许多地方。毕业后，他先去了云南旅行，在西南边陲慢慢悠悠地走了半个月，就在昆明一家地产杂志停下了。他开始了作为记者的职业生涯。

那是我们联络比较多的一段时间。我已经在一家旅游杂志一年多，一直在做记者编辑。杨蔚常在微信上问我怎么采访、写稿，偶尔也把新闻稿发来让我修改。

说实话，他不是那种擅长写地产新闻的人，所以，每次主编给了他采访任务，他都要做好久的访前准备。而且他采访之后也不会立刻动笔，非要等到半夜，突然有了灵感，才奋笔疾书。

我问他："做自己不擅长的事情不觉得累吗？"

他说："比想象中累，但我挺喜欢人与人交流的感觉。那些采访对象都比我年纪大，眼界开阔，每次采访完我都会有新的收获。这样的时候就会觉得很快乐啊。痛苦是因为不熟练，但快乐是因为有价值。让有价值去克服不熟练就好啦。"

杨蔚说得轻松自在，但这个熟悉的过程却着实费了一番功夫。熬夜写作，抽空读书，俨然开启了学霸模式。

有一天，他突然给我打电话说："哎，告诉你啊，周一杂志社例会的时候，我们总编夸我了，说上期万科的稿子写得不错，有潜力，让我好好干。"

他语气里的欢喜，让人觉得孩子气。我盯着电脑，摇着手里的笔，对着电话说："那你要记得请客啊。继续加油。"

3. 对于生活的诘难，谁都无力苛责

他用半年的时间捋顺了工作上的事情，但家里突然出了事情。

自小跟他关系很好的表哥因为赌博欠了巨债，表嫂抱着孩子回了娘家，娘家人都劝她离婚。亲戚家卖了房子、车子抵债，但还是差了几十万。对世世代代生活在县城的人来说，剩余的这部分债还是巨款。

杨蔚家里的人一边凑钱，一边找那个躲起来的表哥。赌场那些人放了狠话，要是一个星期内还不上钱，他们就是掘地三尺也要把人找出来，并砍断手脚。

杨蔚接到母亲电话的时候，正在写稿。听着电话那端略微颤抖的声音，连续问了好几句：“为什么？怎么办？”

放下电话，他查了查自己的银行卡，又给几个交情很好的哥们儿发了信息，说借钱急用。都来不及跟杂志社请假，他买了当天的车票赶回家。

回到家，他看到红肿着眼睛的大姨，也忍不住鼻头酸涩。

他怎么也想不明白，那个从小带着他玩的表哥，虽然调皮、顽劣，但骨子里很善良、温和，怎么会误入歧途呢?

杨蔚掏出一张卡，递给蹲在茶几边上抽烟的姨父，说："我刚工作不久，钱不多，这卡里有五万，您先拿着用。"

到了还钱的期限，还是差十几万块钱。就这几天，他看着大姨整天以泪洗面，姨父一包一包地抽烟，两个人一下子老了好几岁。他和亲戚家一个叔叔陪着姨父去还钱，并跟对方交涉。

生活并没有办法像戏剧一样有大团圆结局，他清楚地看到了一些原本觉得不会存在的现实。

表哥被找了回来，跪着给家里的长辈磕头。他说再也不赌了，以后会好好过日子。但表嫂伤透了心，到底是没能原谅发誓悔过的表哥。

他在回昆明的车上给我打电话，说："你觉得这个世界上有坏人吗?"

我不知道如何作答，他没有在意，继续说："许多人都骂我表哥，说他是个不孝子，把好好的一个家给折腾散了。但在我心里，我表哥还是那个带着我掏鸟捉鱼的少年，我没觉得他变坏。就算变坏了，大家为什么不是想着让他改正，而是着急给他贴标签呢？”

我听得出他的失落，却想不出什么话安慰他，只能说一些街边捡来的话，再配上几句叹息。我觉得自己弱爆了。随波逐流、胆小懦弱，连站在他身边陪他善良的勇气都没有。

最后他问：“十六，我是不是太傻了？”

即便他看不见，我还是用力地摇摇头说：“不是的。你是站在世界中心的人，善良、纯粹、真诚。我不知道有多少人向往成为这种人或者正在努力地向你那个圆心靠近。所以，你不要怀疑自己，只需要继续做自己想做的事情，相信我，没有人比你更幸福。”

4. 你会感谢那个曾经坚持的自己

但杨蔚回到单位就被直属上司痛批了一顿。

原本对方就看他不顺眼，总是有事没事就找碴儿，这次逮住他旷工的把柄，更是竭力施压。

“我也不知道哪里得罪他了，但工作总要做，下周我要去丽江，给领导拍毕业十周年聚会，给你带明信片。”他轻松地说。

“心真够大的。”我打趣他，“听说泸沽湖很美，你要好好拍些照片。反正是包吃包住，你就当免费旅行好了。”

我大概能猜测出来杨蔚领导的心情，他不过是怕新来的人过于扎眼，得了总编的青睐。从丽江回来，杨蔚拉了一个封面广告，十万，有百分之二十的抽成，他还了朋友的钱，又给家里寄了一些，手里便不剩什么了。

他为了多赚钱，接了一些私活。做婚礼司仪，给小发布会主持，忙忙碌碌。

但没过多久，他突然说辞职了，要回湖南创业。其实，大学时他就曾说过，很想为家乡做些贡献，只是一直没有机会。创业对他来说，是一次成全。

对于辞职的原因，他讳莫如深，并没有跟我提过，但我猜与上司有关。

杨蔚做的是互联网项目，主要是利用Wi-Fi为实体商家解决无线网络环境营销运行的难题，比较像细分的广告公司，主做互联网推广。

但杨蔚的创业之路并不顺畅。怀化是三线城市，对互联网营销的接受程度不高；团队清一色的90后，除去热情和拼劲，都还是用失败买经验的文艺青年。

那段时间他担任起创业公司的管理者，渐渐远离了旅行、音乐、摄影和写稿，开始投入市场战略、技术研究、文案策划、客户开发和维护的怀抱。

而这些，杨蔚都不曾对我细致地说过，他很少抱怨，只是在被一个一个客户拒绝之后，再次出发。直到团队中负责产品技术的一位合伙人选择离开，他才觉得异常失落。

杨蔚在电话里跟我说："前不久，市里举行了一次青年创新创业大赛，我们进了半决赛。当时作为负责人，我到现场进行了创业项目演讲。我讲了一个特别感性的开头，就是谢谢我妈这个天使投资人。从怀化到我家只需要30分钟，但自从创业以来，我回家的次数比之前在云南还少。因为团队需要我，我就没有办法说自己想要休息。朋友中途放弃我能理解，折腾了半年还没有挣到什么钱，反而浪费了时间。"

我叹了口气，说："每个人都要为自己的选择负责。你选择坚持就努力做下去，他选择离开就迎接另一场全新的开始。你们都没有错。我知道你们是很好的哥们儿，在创业这个过程中也曾有过争执、误会、不理解或生气抱怨，但这些都过去了。你们还是朋友，你所能做的就是不忘初心。"

杨蔚跟我谈了谈他最坏的打算。就是失败了，缓一阵，去做最底层的职业，沉淀一下内心。我笑他过于负面，他说："不是负面，只是觉得这件想做的事还没做成，应该从自己身上找原因，我只是想让自己静下来，把原因找出来，然后继续做下去。"

回头看自己的青春，我一路也走得磕磕绊绊，也曾为了一些事情痛哭、失落、自我放逐。

但这样做有什么意义?

我们还是要在遇见事情的时候，整理好自己。比如，去奋力对一个人好，哪怕他不在意；去不留遗憾地度过青春，哪怕外人看起来只是在放纵逍遥；去竭尽所能帮助遇到困难的亲人，哪怕被人误会成傻瓜；去做自己热爱的事情，哪怕会失败、摔倒。

我记得那天最后，杨蔚说了一句话，大意是：“仿佛中发现，我渐渐有了一个清晰的梦想，生活给了我无数个实现它的可能。”

剩者为王

“这个世界上没有什么比信念更坚不可摧。”
我曾经也会质疑这样充满鸡汤味的句子，
但我渐渐地发现，
身边有些人已经成为这句话的验证者。

1. 她曾是个害羞的小姑娘

我和林凉同岁，但她比我早一年上学。我读一年级的时候她已经读二年级。

我们住在同一个大院里，家长都在同一个国营工厂上班，彼此熟识。在我的记忆里，林凉总是低着头走路，沉默寡言，有些不够合群的孤独，大院里的小孩儿都不喜欢跟她玩。

很早，林凉就是家属院里的反面教材。常有家长在饭桌上说：

“千万不要跟林家那小孩儿似的，成绩不好，又不爱说话，一副病恹恹的样子。”

小孩子只要遇到她都会远远地走，然后在背后扔石子、吐唾沫，像是打击一个不受待见的坏人。面对其他小孩的恶意寻衅，林凉从不反抗，她只会把头压得更低，加快步子，尽快地逃开。我虽然没有对林凉扔过石子，但也一直对她敬而远之。

我们很快有了交集。

林凉中考的时候复读了一年，她开始和我同一级。

她在暑假开学后分到了我所在的初三（7）班。在我们学校，复读生都是差生的代名词。

林凉背着黑色的书包，低着头走到班里。她像是一只受惊的兔子，神情有些拘谨，身体微微僵硬，我能清楚地看出她想要缩成一团的意图。

整个教室只有我旁边有一个空位，老师不假思索就把她安排成了我的同桌。她抬头看到我的瞬间，先是有些尴尬，但很快就露出一个微笑。我和她还没来得及说更多话，上课铃就响了。

林凉的成绩不好主要是因为偏科。第一次语文测试就令所有人大吃一惊。林凉考了113分，作文满分，全班第一。但数学成绩出来以后大家再一次张大了嘴巴，45分，距离及格线都还有一大截。

我其实挺佩服林凉的，那么难的阅读理解都能答出高分。但考试都看综合成绩，她在班里的名次已经垫底了。

周六，我拿了几本对自己很有帮助的资料去找林凉。她正躺在床上看茨威格的小说，看到我来找她，眼里露出几分讶异。

我很少到林凉家，只知道她父母是厂里的领导，工作很忙，很少有时间照顾她。小时候为了方便常把林凉锁在家里，她一个人在家无聊就看电视和读故事书。

林凉的屋子很小，一张单人床，一个书桌，墙边靠着一个木书架。书架上有很多书，我拿起来翻了翻，很多书里都夹了小纸条，上面写了密密麻麻的小字。我刚要抽出一张仔细看，林凉慌忙跑过来伸手一夺抱在怀里。

我打趣她："不会是情书吧？"

她一皱眉："你别瞎说。不是情书，是我写的一些小说情节。不过是胡乱写的，不好意思给你看。"

我来了劲儿，说："林凉你写小说啊？！好棒！你什么时候开始写的？看你好多书里都夹了那样的纸条呢！"

林凉犹豫了一会儿，才抽出几本书翻出纸条递给我看："十六，你是第一个知道的人，不要随便说啊。这些都不算是小说，是我整理分析的一些笔记。这些书有经典名著有普通小说，我觉得谁都比我写得好，就一本一本拿来分析学习。"

我惊叹，林凉的笔记做得很详尽，从人物性格到故事结构，她逐条进行了总结。怪不得每张纸都写得那么满。

我忍不住说："林凉，你实在太牛了。"

她被我惊叹的表情弄得有些不好意思，转身去客厅给我倒水缓解气氛。

在我印象中，林凉是比较木讷的。当然也有可能是我跟她接触太少了，平时看到的她都有些沉寂。

但那天的林凉眼里常有神采闪过，尤其当她讲起自己喜欢的作家时，手舞足蹈，浑身上下都充满少女应有的活力。

我喜欢这样的林凉，精神是活着的，是完全不同于周遭其他人的。有什么能比在十几岁的时候就找到自己喜欢的事物更加快乐呢？我羡慕林凉的际遇，也期待着她能坚持走下去。

2. 跌倒了，再起来吧

我拿给林凉的学习资料，对她提高成绩也发挥了些作用。

我和林凉在炎热的六月考入了市二中，那是一所曾经非常辉煌的高中。考入清华、北大的师兄师姐可以组成一个超级陆战队。

林凉依旧偏科，她以只比录取分数线高10分的成绩惊险过关。高二分班，林凉毫无悬念地选了文科，而我在学艺术和学文科之间来回摇摆，最终拗不过家里人的意思选了文科。

刚进入文科班的林凉并不起眼。她依旧是很沉默的个性，不擅交际。我和她被分到了不同的班级，但我们经常在操场或食堂门口的小店碰面。她请我喝汽水，我请她吃冰棒，两个人坐在篮球场看台上一起读林凉最新写的故事。

她已经开始写一些故事了，我是第一个读者。当我拿起本子开始读，她总是非常紧张地盯着我看，屏气凝神，很怕自己的呼吸打扰到我。

高二下学期的一个周三，我读到林凉的一个短篇故事，关于失去和成长，喜欢绘画的少女突然失去了亲人，在一个远亲的关怀下自愈并成为画家。通篇带着一种隐匿的温暖，我喜欢得不得了，就对林凉说："你试着投稿吧！我觉得你可以的。"

她睁着眼睛看着我，犹豫又跃跃欲试。当时"新概念"征文大赛还席卷着我们的青春期，我和林凉熟知《萌芽》里的红人作者。

她说："我觉得自己写得不够好。"

我摇头，抓着她的胳膊说："你可以的，总要试一试啊。林凉你相信我，我觉得你已经比很多杂志上的作者写得好多了。"

我不知道林凉有没有尝试投稿，高二会考接踵而至。林凉的数学再次成为重灾区。她拿着试卷皱眉，68分，后面的大题全军覆没。

林凉的班主任让她叫家长，对她说："我知道你平时爱读书和写东西，但你应该均衡一下时间，多做一些数学练习题。会考的试卷都是基础题你都没有及格，还要补考。林凉，你要想上个像样的大学，就要好好补习一下数学了。我会跟你家长谈谈，希望你能认识到这个问题。马上就要高三了，你没有时间再耽误了。"

林凉的父亲工作依旧很忙，她的母亲见了老师。林母的脾气在家属院里是出了名的急。她一听女儿经常读闲书，不好好学习，脸上立刻乌云密布，一到家就找了一个收废品的把林凉书架上的书全部卖了。

林凉哭着喊：“不要！”

林母气愤地说：“哭！你有什么脸哭？！不好好学习，净爱看这些不三不四的东西。别说卖掉，就是烧了、扔了我也不会再留一本给你。都是我平时太娇纵你，现在也是时候管管你了。”

林凉一直跟在收废品的车后面掉眼泪。那车上有加缪，有雨果，有果戈里，有屠格涅夫，有杜拉斯，有金庸，有鲁迅，有许许多多她喜欢的人，但他们都被一辆破得掉漆的三轮车带走了。那是一场没有流血的掠夺，她母亲用一种粗暴简单的方式隔离了她与她最喜欢的一切。

林凉哀戚地望着越走越远的废品车，突然明白了莎士比亚悲剧小说里的那种绝望。

高三一年我和林凉只见过几次面。

她失去了写故事时的活泼，很少笑，刘海越来越长，开始遮住半张脸，身体也像充了气，每一次见面都会觉得又膨胀了。臃肿，淹没了她眼里的神采，文字里溢出的灵气被现实吹散了。我常常想，人一旦失去了最喜欢的东西，就像林凉这样自暴自弃吗？那得是多么绝望，已经绝望到让自己不再心怀希望。

一整年，林母开始看顾起林凉的学习，但她高考依旧落榜了。

对于林凉的自我放弃，我再也看不下去。在即将去北方读大学的夏天，我悄悄找了林凉许多稿子，一份一份整理出来。先自己筛选，再根据杂志的风格进行分类投稿。没过多久，一本我们很喜欢的杂志编辑联系我，说稿子进了二审，我暗暗替林凉高兴，但还是忍耐住兴奋没有告诉她。

收到杂志样刊的当天，我约了林凉吃饭。她推了两次，实在拗不过我软磨硬泡，穿着拖鞋赴约了。

我很难形容林凉看到杂志上有自己文章的一瞬间是什么样的表情。她先是有些惊愕，接过去仔细看了看文字，又抬头望着我，似乎在跟我确认。我点了点头。

她还是有些难以置信，抱着杂志很久没有说话，然后突然趴在桌子上哭了。

我怔住，不知道应该说些什么，只能默默拍着她的后背。

我跟她说："林凉，我给你讲个故事吧。那是上周我们班主任给我们讲的一个真人真事，我觉得这个故事应该叫《剩者为王》。主角是一个从小就成绩不好的女生，她特别普通，初中、高中成绩垫底，身边的人都觉得她是个失败者。但她很喜欢律师，希望自己长大之后能做一名律师。如大家所料，她高考失利，只进了一所专科院校。但她按时上下课，当所有人都热衷玩乐的时候，她还是那个准时自习的人。她是学院唯一一个英语过六级的学生，也在大三的时候考过了专升本，如愿学了法律。可她也并没有松懈，年年拿奖学金，大四顺利

保研，继续在法律专业深造。她的导师对她说，要想进行更好的学习，应该去国外待两年，于是她开始准备托福和入学申请，后来以足够高的分数过线去了哥伦比亚大学进修。她现在已经回国，成为一名非常优秀的律师。林凉，很多人都会在漫长的人生中坐冷板凳，有的人坐得长一点，有的人短一点，但只要你为了上场而努力，终究会回到场上成为那个令人瞩目的明星。我觉得你可以是另一个出人意料的后备选手。”

过了很久，林凉放下杂志跑去洗手间洗了把脸，回到座位后她说：“十六，原本我一点儿都不想去复读的，我爸妈劝了我两周，但我还是不想读书。我知道自己不是读书的材料，那些习题我做了一万遍，还是弄不明白为什么我写的答案就是不对。我想写故事，我知道自己写得不好，可我心里有无数想要倾诉的话要告诉这个世界。文字对我来说就是情绪的表达。如果读了大学就能让我爸妈放下对我的管束，那我愿意去上。”

那本杂志，我留给了林凉。

林凉两次复读的事让她在大院里的处境更加尴尬。邻居们常会看着她摇摇头，那眼里透出的信息像一颗颗白色的盐粒，撒在她羞愧沮丧的伤口上。她曾预料到自己会落榜，也鼓励过自己不要太在意周围人的眼光。但现实就是这样，所有人都以成绩为导向。

3. 你的故事里有一种不熄灭的温暖火光

林凉被送去了一个高考状元县里，在非常闭塞偏远的角落，从市里驱车过去需要两个小时。她进了复读班，每天早上四点多起床，五点早自习；晚上十点下晚自习，十一点钟才能躺在硌人的床板上休息。

林凉的成绩依旧不好，但她开始给自己制订计划，每天复习什么，做几道题，应该掌握哪几个知识点，背哪一篇英语范文。

她开始主动给我写信。我慢慢能从林凉的信里感受到她的变化，比如她剪了一个清爽的发型，她英语作文得了25分，她在压力大的时候不再用食物解压而是选择了慢跑，她新故事里的主角恋爱了。林凉重新焕发出一股生机，像枯藤生出新芽，娇嫩而柔韧。

我想，每个人都需要一双温柔的手、一抹温暖的烛光、一句让人坚信并热泪盈眶的话，牵引你走向充满希望的地方。

林凉的“高四”过得非常辛苦，但她并没有像励志故事里那样逆袭，她依旧因为偏科只去了一所三本院校读中文。

我即将大二那年的暑假，跟林凉一起去了海边旅行。

她赤脚走在柔软的沙滩上，我跟在她身后，两个人逐浪而行。

林凉转过身对我说：“十六，你对将来有什么打算？”

我踢了一脚沙子，看着远处即将落下的夕阳说：“没有特别的想法，只希望能够富足安稳。你呢？”

“我吗？我希望能继续写字。用自己一丁点儿的力量，让这个世界美好一丁点儿。一个好故事能够给人这样的触动。”她说。

我点点头，说：“你可以的，林凉。你还记得那篇写喜欢绘画的少女成为画家的故事吗？我印象很深很深。直到我大学读了吉本芭娜娜的《厨房》才明白，你的故事里有一种不熄灭的温暖火光，你的文字像一双手呵护着那束光，不让它在现实里熄灭。我觉得你特别棒，能写出那样的文字真的特别棒。”

林凉的大学要比高中过得舒服多了。她开始参加一些征文比赛，也陆续拿了一些奖项。大二的时候开始为一家小杂志写专栏，大三申请了交换生，现在在大洋彼岸研究文学。

我们早已经搬离了家属院，她的父亲也早已经不在国营工厂任职。那些曾经住在一个大院的人都慢慢不再联系，但我时常从我妈那里得知一些人关于林凉的议论。太多看着林凉长大的人难以想象，那个曾经沉默寡言的小女孩，现在远渡重洋，在一座充满艺术气息的城市学习写作。

但我觉得那是林凉应得的。在许多人看来，很长一段时间里，林凉是一个失败者。接二连三地落榜，成绩糟糕到让人沮丧。但林凉知道自己最擅长的是什么，她愿意在自己喜欢的领域努力，并且坚持不懈。这种了解让我觉得林凉是另一个版本的“剩者为王”。

追生活的大龄少年

年少时追风逐日，纵情欢歌。
长大些才明白，原来这一生最重要的事情
是能追到自己真正想要的生活。

1. 再次出发

周五下午，我跟同事在中国人民大学做调查，关于应届毕业生和职场新人的问卷。

一天下来，我累得腰酸背疼，脚底板都麻了，但收集的问卷数量并不多。同事一边数一边叹息，还有一百多份答卷没做完，看来明天还要继续。

我抽出几份，跟同事说："一会儿有个朋友从天通苑过来，我让他帮忙填一下。"

M就是从天通苑赶过来的朋友。

他是我在上一家杂志的同事，后来我们成了好朋友。他与我同姓，但低我一辈，我总开玩笑地叫他大侄子。

M比我大两岁，在北京读了图书专业的研究生。毕业之后，在优酷网和我们杂志都实习过。认识他之后，我就把江平、星辰和他称作杂志社的三剑客。搬书运物，换水抬桌，这些活都交给了他们仨。毕竟，杂志社阴盛阳衰，除去不能使唤的领导，剩下能干重活的就只有他们三个了。

M算是乖巧讨喜的男生，会讲笑话，偶尔抖个小机灵，能惹得整个编辑部大笑。但他说自己以前很内向，我有些看不出来。不过，他不苟言笑的时候，的确很严肃。

M来的时候刚要到夏天，我们选题没怎么做，倒是一群人先去了一趟张家口。当地旅游局组织音乐节，邀请我们过去参加。几个人撇开领导在塞外草原撒欢乱跑，M当时总和杂志社一个小姑娘X一起，我和Y总开他们玩笑。

三五顿饭下来，我和M就熟悉多了。我大概知道他即将毕业，还未确定是否留在北京。又刚失恋，心情不太好，我不好细问。

行程结束的前一天，突然下了雨。其他人都在酒店避雨。我、苑城和M不知怎么就躲在一辆私家车里聊起了天。

他已知道我是个不必担心一碰就碎的瓷瓶子，跟我们玩儿时，也就放心地找话题。

现在想起，感觉当时很有“围炉夜话等雨停”的意境。每个话题都似一把柴火，大家挑挑拣拣扔进炉子里，烧着了，暖和了，氛围也就来了。

我早已忘记了当时聊天的具体内容，多半是关于理想和青春吧。但我觉得M是我族类，也就渐渐沟通多了起来。

我也大概知道，比我大两岁的M其实和许多人一样，隐约知道自己要追逐什么样的生活，但在大雾未散之前，只能模糊地找寻着。

前路迷茫，可我们也只能尽力奔赴。

从张家口回来没多久，总编让M写一篇各地园博会的文章。大意是说每个城市都有不同主题的园博会，各自特色是什么，如何如何值得大家去赏玩。总编对稿子本身就很挑剔，这稿子又很难写得有趣。所以，最终定稿的时候，这篇被pass（删掉）了。

M一开始并不知道，到我们订正二校稿才发现。他有些生气，觉得总编有些独断，无论如何，撤稿总要说一声，这样悄无声息的，多少有些不尊重人。

其实，M的稿子写得很好，他写的哈尼梯田的稿子就在杂志头篇，只是园博会的选题太硬，“巧妇难为无米之炊”罢了。但这件事到底闹得M不开心了。

夏天突然来了。北京城闷热得像一个巨大的桑拿间，所有人汗流浃背，却没处纳凉。我们几个人躲在办公室里，偶尔浇浇花，写写稿，日子还算舒心。

有天中午吃完午饭，M突然说他要辞职。他研究生已经毕业，家里人很想让他回家找工作。

他思来想去，还是决定暂时回去，因为现在的他还没有找到想要的生活。

2. 琐碎，切割了少年心中的江湖

说起来，当时我们都没有真正地告别，但一晃已经半年没见。这期间，M报考了电视台，从几千人中抢出一个饭碗来。

然后，他开始了记者之路。

我和M常在微博私信里聊天，大概是讲编辑部四散天涯的故事，再闲聊一些自己的近况。他说自己现在的工作很忙，每周单休，平时七点就起床，洗漱完了就跑去电视台。一有热线进来，核实之后，就得扛着二十斤重的摄像机去现场。

他的镜头里记录着大喜大悲，生死别离。原本觉得应该是小概率的事件，开始层出不穷地发生，M觉得内心很累。

人呐，心一累就静不下来了吧。

M那段时间很少读书，他晚上剪完片子都到七八点了，胡乱吃个晚饭，就回到租的房子里看综艺节目。像木偶一样，跟着观众傻笑，跟着进度条结束。然后，一天就这么仓促而没有实际收获地结束了。

他在私信里说，每一天都过得很消耗精力，这样持续下去，总有一天会消耗掉自己。我不知道如何劝他，只说也许刚开始，需要适应节奏，过一段时间就好了。

这话也不知道他听进去多少，我自己这边又出了问题。

今年一月份，我打算辞职，便乘火车去找他聊天。因为我知道，严肃时候的M，总能把世界看得清清楚楚，并能一针见血地讲出要害。

到了站，M来接我，带我去吃饭。

听我叙述完打算辞职的前因后果，他讲了打消我继续坚持下去的念头的理由，如他分析，其实我继续坚持不过是壮士断腕，徒增悲壮罢了。

坚持是在坚持理想，但坚持不能存活。我不是看不透，而是不想看透。也许世人都这样吧，很多时候是执念抹杀智商，毕竟谁都不是愚笨的人。

菜上得差不多，我们开始聊些别的。

他不知怎么就冒出一句："理想是过更有意义的生活。"

我问："你现在过的生活有意义吗？"

他笑，然后开始给我讲故事。

前段时间M采访一个新闻，关于在黄河殉情的人。这对恋人生活中遇到了难事，一时想不开，双双决定跳河。黄河湍急，两人趁夜跳入其中。河水汹涌，将男人冲到岸边的木桩上，他突然惊醒，不想死了，又急忙去拉身旁的女人，但女人被黄河水越冲越远，他失声痛哭，爬上岸，报了警，等警察来捞了女人上岸，女人早已经面色灰白，身体泡得浮肿。

M扛着摄像机，看了看痛哭的男人，又看看已经死去的女人，他实在不知道怎么报道。最终也没拍成。

又有一次，M还在办公室跟同事聊天，就接到一个热线，说有人为了年底要工资跳楼。M赶到现场，抬头就看到一个六七十岁的大爷，正站在一座居民楼上，大声吆喝着找单位要工资，不发工资就跳下来。

当他还在揣测大爷是在虚张声势，并不会真正跳楼的时候，只听周围人啊的一声尖叫，然后耳边又传来扑通一声响，他仿佛能感受到鲜血飞溅，脑中嗡的一声，眼前突然黑了。

直到同事摇他，他才回过神来。M慌忙抬起摄像机要录，内心却在嘶喊“不能拍，不能拍”。但工作终归是工作。他刚拍了几个现场的镜头，交代了一下周围环境，又跟同事采访了一下围观群众了解事情起因，死者儿子就赶到了现场。

男人三十多岁，眼圈通红，身上的衣服上还有血迹。他看到有记者，大步走过来就问：“你们拍什么了？有什么好拍的？”

M朝后退了几步。他的同事刚解释几句，男人捡起旁边的砖头，利落地跨了几步就要来砸人。M扛着摄像机撒腿就跑。

男人扬起砖头，铆足了劲儿扔出去。砰的一声，砸在马路上，磕出一个坑。

这新闻到底是播了，但M内心备受煎熬。他知道任谁也不愿意将这种事情放在公众眼前，他理解死者家属。领导却说：“我们需要博人眼球的新闻。不然，你让大家都喝西北风啊！”

我学新闻出身，也知道些记者的难处，但毕竟没有亲身实践过社会新闻，总不能理解他纠结烦乱的心情。

M那些原本以为能够实现的新闻理想，都在老人前辈的拍打中变得虚无起来。他们说：“这个可以拍，那个不能拍。你拍了干什么，又没有什么实际用处，收视率不会因为这些增多一丁点儿。”

再后来，M调节了很久，渐渐把最开始的劲头收了收。他知道自己无力改变别人，那就只做好自己的事儿。但事与愿违，他接连又遇见领导让他报道一条社会新闻，端了聚赌窝点（也放高利贷）。中间又多生是非，不能尽书。

3. 没有谁能一次性选对生活

M觉得电视台的工作不适合他。他希望能够慢下来，沉下来，真正去生活，周六日能拿着相机去拍些东西，平时多读些书，日子不要连轴转动，总要有些停驻的时刻用来思考如何生活。他说，这样的生活是他的理想。

M说这些话的时候，我坐在他对面。陡然间，美酒佳肴，食不知味。

我突然不知道说些什么好。原本艳羡他有了一份稳妥且体面的工作，但这份光鲜背后有这么多辛苦和纠结。

我不知道说什么，总是重复：“只要能做自己喜欢的事情就好，一定要选择自己愿意做的，不然外人看起来再好，受苦的还是自己。”

M笑笑，也没继续说话。

我从济南回来，没过多久就辞了职。待业许久，过年之后进了新单位。

半月前，我在微博更新状态，M突然回我他在北京。我一惊，以为他是进京开会之类，问他有没有时间聚一聚。他说正要赶回去，是来面试，一家很好的新闻单位。

我忙问：“要辞职？”

他笨笨的，过了许久才说自己是北京西站的车，竟然跑到了北京站。

我大笑，问他：“能赶得及吗？要不就别走了，改签好了。”

他到底是赶得及，上车之后又说，来北京是为面试。在电视台很难进入编制内，并且日复一日地消耗青春。他内心关于新闻的理想，关于摄影的坚持，关于自我的追求，一声一声地催促着他，让他尽早离开，到一个更能施展才华的地方。

周五约在一起吃饭，是我年后第一次见他。

我站在马路对面，他戴着耳机，在人群中穿过马路走过来。

我能清晰地看见他的笑容，那么自然放松，干净如清风朗月。

他走过来，我嬉笑着叫他一声“大侄子”。

一顿饭吃得宾主尽欢，我又听了一桌子故事。席间撺掇着他写故事，也把自己做记者时鸡飞狗跳、黑白两道的事情分享给更多人知道。

他说会写，我们拭目以待。

我知道，M是知道自己想要哪种生活的人，他也能够掌控得了自己想要的生活。

今天他入职第一天，祝他一切安好。

最后问一句：大侄子，你可追上了你要的生活?

找到你心底的那阵自由风

我曾问过“总理”一个问题，
你到底想做秤砣还是风筝？
她一直没有回答我，或者说她总在纠结如何选择。
风筝潇洒自若，能够随风而逝追逐无数个可能；
秤砣稳妥踏实，可以陪在父母身边承欢膝下。
无论哪一种选择，只要是自己想要的，都是好的。

1. 她是一辆没有刹车的脚踏车

“总理”的摄影工作室终于接了第一个单子。

她给我打电话的时候，我正出了地铁站走在回家的路上。天边有火红色晚霞，人行道正在翻修，灰色的石砖堆在路旁，我一边恭喜她一边小心翼翼地越过裸露出泥土的地面。

这个好消息我等了整整五个月，从她开始租了宋庄的工作室，我就希望她能接到第一个活儿。

“总理”是我杂志社的前同事，安徽人，一头不安分的随时会飞扬起来的短发，个子不高，力气很大，浑身散发着男孩子的气息。她喜欢背非常大的背包，深墨绿色，里面装满了乱七八糟的东西，包里一定会有一架佳能入门级的相机。

“总理”的名字与国务院前副总理吴仪的名字同音，大家一开始就是叫着玩儿，后来却叫成了习惯。

我认识“总理”的时候是2014年3月。她刚从家里回北京找工作，不慌不忙，三五天发一次简历，对求职的单位精挑细选，说是一定要找一家自己喜欢的地方。

“总理”到杂志社面试的那天，社长不在，是我在办公室里跟她聊了半个多小时。

我一直都觉得“总理”的性格太过浮躁。她很少静下来去思考问题，总是横冲直撞地生活。就像一辆没有刹车功能的脚踏车，跑得不快，但危险不小。

可我还是跟社长推荐了她。因为我从她拿给我看的作品里感受到，她是一个做事很踏实认真的人。

那天她仰着头说：“我没有想过一毕业就能拿什么高薪，我只想做自己能做且喜欢的事情。”

我知道，又有一个这样的姑娘要加入杂志社了。

“总理”不擅长写作，这能从她做的第一个专题看出来。那是杂志社的8月刊，主题是沿海，“总理”负责秦皇岛的内容，我当时在写宁波和香港。

那段时间她总加班，就算从秦皇岛实地采访回来，她还是一筹莫展。我劝她放松，不要把文字想象得太难。旅行杂志嘛，本来就是在做轻松自在的事情，也要传递这种感觉。就算是写当地的人文历史，也不见得一定要沉重。

她问：“我不想写那么多文字，杂志社要是再招了编辑，我就专门负责拍照好不好？”

我说：“你看咱们出刊都成问题，哪里有钱招新编辑？”

“那我少写一点，你、吉吉和木南三个人多写一点？”

“你倒是想得美，吉吉在准备考研，本来就要停薪留职，这两个月难熬着呢！”

“等有机会还是要只拍照！”

其实，我也想过“总理”讲的这个问题，只是在当时的情况下没有办法解决。后来也就不了了之了。

她超过截稿日一周才把完整的稿子交给我。说起来她不是写得不好，关于黄金海岸叙述的部分就很有感染力。难得她照片拍得很好，既生活又不落俗套。

其实，跟“总理”越来越熟悉之后，我曾反复地问过自己，为什么会喜欢跟“总理”一起玩，她明明就是一个遇事爱逃避、做事冒失还患有重度拖延症的人，满满当当的缺点。

但剥开这些，我发现“总理”有一颗柔软的内心。她善良、真诚，一直活得像个没被现实沾染的人。

杂志社阴盛阳衰，许多搬杂志、抬东西的活儿都没人干。自从“总理”加入编辑部，这些活儿几乎都被她包揽了。她总以为自己能做很多事能帮很多人，明明很累，却总一声不吭帮别人搬东西、找座位、写文字、拍片子。很多时候那件事并不一定是她擅长的，她也总在别人抱怨做不完，她不确定能做完的时候说：“我帮你。”

所以，她在我们去广安的火车上帮素不相识的老人提行李，在酒桌上帮已经喝多了的社长挡酒，在我心情不好的时候陪我看房子、签合同、搬家。

2. 如果生活中没有选择题，也许我们会过得更快乐一些

我还记得“总理”帮我搬家的那天，北京很冷，同事已经开车帮忙搬过大件的行李，还剩下一些七零八碎的东西，“总理”帮着我收拾。那些东西看起来不多，但整理完又有两大袋子。

我们一开始舍不得打车，就先拎着东西到地铁站乘八通线到通州北苑下车。但到了站，也不知道从哪个出站口出去。她将那个沉的袋子拎在手里，迈着大步子走到进站检票的地方，询问工作人员。

但工作人员没有听过我新租住的小区，只是建议性地说：“可以

从D口出去。”

我们从长长的通道里走出去，行李袋子偶尔摩擦着大理石地面，发出轻微的抗议声。当我们走回家，浑身已经开始冒热气。

外面有月光，落在天台上。

我煮了泡面，两个人一边吃一边闲聊。也是在那天，我知道，“总理”一直放心不下家里已经87岁的外婆。

她絮絮叨叨地说：“我从小是跟着我外婆长大的，跟她很亲。去年她就有些糊涂了，有几次还把我错认成了我妈。她牙齿掉了，头发白了，许多事情也记不得了。我其实很害怕错过跟我外婆相处的时间。每次回家我都陪着她，喂她吃饭，听她说话，给她拍照。那些照片我都修好了留着，但我不敢多看，总觉得看多了会很难受。

“因为从小在外婆家长大，7岁我爸妈来接我回家上学，一回去我心里就觉得别扭。我从小就很乖很听话，也有这方面的原因吧。

“我外婆很喜欢吃二外对面的老婆饼，上次回家我给她带了好几盒。她很多东西都不吃了，但午饭多吃了一块点心。当时，我就想下次要再多买几盒。

“还有我妈，有段时间检查身体，医生说是疑似癌症，她都快哭干了眼泪也瞒着我。到后来复查确认不是，才很不经意地告诉我。”

她断断续续地讲了好久，有很多细节我已经记不清楚，但能够从她的叙述里得知，她其实无比牵挂着家里的每个人。

我一直都知道，“总理”是那种腿上磕破了皮也会穿着长裤挡上，装作若无其事不让别人担心的人。所以，她这次这样坦诚地讲自己家里人的事，我知道她是真的将我当朋友了。

我从桌子上翻出两个杯子，又从还没来得及整理的箱子里取出一瓶酒。我把倒好的一杯酒递给她，然后说：“你要真担心他们，就回去陪在他们身边啊。这也没什么不好。”

她摇摇头，跟我碰了一下杯子，喝了一口酒说：“我想要自由自在地活，在老家实现不了。我喜欢摄影，喜欢闯荡生活，这种喜欢有些说不清楚，但就是难以割舍。”

我问过“总理”到底想要什么。因为只有找到最想要的，然后为此舍弃一些，生活才能过得轻松一些。不然一个人总在纠结中撕扯着，很难获得轻松和愉悦。

她答不上来。在她的心目中，家人和梦想都很重要，没有办法做到为一个舍弃另一个。

3. 孤独会让人找到自我

我一直好奇“总理”为什么那么喜欢摄影。她的相机、手机里存满了照片，她时时刻刻要拍花、树、云，对那些许多人习以为常的事物充满了记录的热情。“总理”曾简单地跟我讲过一部分讲得清的原因，这与个人经历有关。

她自小品学兼优，高考却遭遇滑铁卢，复读一年，考进一家师范类二本，读了并不很“感冒”的电视节目制作专业。

她进了大学，很长一段时间内都找不到方向，成绩不好，几乎不参加集体活动。整天一个人蛰伏在城市的某个角落，像等待蝉蜕的知了。

毕业实习，“总理”去了南京一家法制类报纸，端茶倒水，扫地擦桌，与所有还没有体现出价值的实习生一样，做最简单最内耗的琐事。她租住在一间隔断里，屋子里堆满了书和杂物，隔音很差，每天下班回到住的地方她都觉得很虚无。

“总理”问自己，这是她想要的生活吗?

实习期过了大半，她终于有了一次采访机会，一个人带着准备好的采访提纲，单枪匹马地去政府机关采访，最后却铩羽而归。那是一场原本就不对等的角逐，对方反复拒绝，一点配合的意愿都没有。“总理”挣扎了许久，还是离开了那座看起来庄严的建筑。

她回了租住的地方，虚脱地躺在床上。隔壁夫妻吵架的声音响起，对骂的话越来越不堪入耳。她蒙着被子，很想减弱一些尖锐、刻薄的话，但那是徒劳的。

“总理”拿了钥匙和相机打算出去拍点东西。拍照是她唯一抵抗世俗生活的方式，相机是她的武器。入夏的南京已经很热，只有上了年头的梧桐树下才会腾出一片荫凉。

车水马龙，人潮涌动。

行走在街上的“总理”却感觉到由衷的孤独。

生活略显压抑，她还需要考虑如何完成主编给的采访任务。最终，“总理”还是硬着头皮又去了一次政府机关，采访了一个相关负责人，稿子写得磕磕绊绊，交上之后，她就递了辞职信。

暑热还在，日头最好的时候，坐在大树下仿佛能够看见植物的蒸腾作用。

“总理”考虑了很久，还是跟家里打电话，说：“我辞职了，想报一个摄影班专门学习。我觉得这才是我想要做的事情。”

“总理”的父母都是很朴实的人，在小镇上经营一家诊所，供着两处房子，看诊，抓药，生活过得很平静。

他们可能很难理解从小乖巧懂事的二女儿为什么突然变得不是那么柔顺了。性格里棱角的部分像泡发了的木耳，膨胀起来，开始与生活针锋相对。他们给了“总理”一万多块钱的学费，送她去了火车站。

“总理”用惯卡片机的时候，很反感用数码相机拍照。那段时间她才开始学习专业摄影，最喜欢拍人物和风景，对商业摄影的内容也有些抗拒。

摄影班的同学都还比较容易相处，大家没有什么利益纷争，一群人呼朋引伴地出去采风，去过北戴河，也去过秦皇岛。那应该是“总理”最快乐的日子，单纯且美好。

后来，她去了一家小广告公司做摄影助理。说是广告公司，其实什么活儿都接。老板是个三十多岁的男人，为人踏实，但是很抠，基

本上能省则省，不能省也要努力省。他没有车，每次接到拍摄工作都让“总理”大包小包地背着装备去现场，很少考虑她是个女孩子，身体是不是能吃得消。

有次接到一个网络作家的宣传活动，发布会地点距离城区很远，“总理”早上六点就背着相机、三脚架、拍摄灯和打光板出门，整个上午都在活动现场奔走，拍那个在腾讯读书频道写了几百万字但“总理”并没听说过的作家的讲话。半天下来，她的脚底板磨得生疼。

那是很辛苦的一段日子，但“总理”甘之如饴，总觉得每走一步都是在接近自己的梦想。她想，摄影，就这样继续下去吧。

4. 感性到随时会哭的大人，其实心里都住着一个小孩子

2015年6月25日，“总理”给我发短信说：“外婆去世了。我要在家里待一周。”

生老病死四个字只需从舌尖轻轻一荡就可以脱口而出，但这里面的情绪却千变万化，新生的喜悦，老去的悲哀，死亡的苦恫，每个阶段都有不同的情绪。

我想劝她不要哭，但眼泪还是从她眼角落下。她一定像个小孩子一样站在角落里，内心孤独、痛苦，觉得世界上最在意的那个人不见了。

她从家里回来，我们约在大望路吃饭。她瘦了，黑眼圈很重，

头发有些长了，整个人很疲惫。我带她去吃西贝，两个人坐在角落里聊天。

她说：“我一直以为自己能够看到外婆最后一眼。她前段时间摔伤了，家里人都瞒着我。他们知道我在做工作室，压力大，怕我分心。我弟打电话问我最近回不回家的时候我就应该猜到的，他平时很少主动问我的。到我外婆真的病危，家里才通知我，但他们并没有说很严重，所以，我当时还因为没座买迟了一天的票。我带了她喜欢吃的老婆饼，她却没吃到。”

我听着难受，知道她很自责，但没有办法劝她，只是默默地给她夹菜。

“总理”刚看到她外婆遗体的时候，都愣住了。所有人都在哭，但她哭不出来。她说，那种如果她没有在北京，而是一直陪在外婆身边的想法猛地冲进大脑，愧疚像一把镣铐套在了她身上。痛，心真的很痛。

直到送殡那天，“总理”看着亲人给外婆换上衣服，整理遗容，一个人跪在旁边发愣。当她舅舅和几个身体健壮的男人准备盖棺的时候，她突然醒了，腾地跳起来，扑在棺木前面，号啕大哭起来。她落着泪，摇着外婆的身体，说着太多难以割舍的情绪。

外公走过去把她拉开，劝她说：“你外婆身体一直不好，活着也在遭罪，她走得很安心，小迪，你别这样。”

“总理”跟我讲着讲着就低下了头，她对亲人的离去还是难以释怀，对于自己没能陪伴在他们身边还是有很多很多的愧疚。

但她说：“许多人都想鱼和熊掌兼得，这很难，更多情况下贪心的结果是两者都失去。你曾经问过我想做风筝还是想做秤砣，我一直答不上来。因为那都是我。既想像风筝一样追逐自由，又想像秤砣一样安稳踏实。我都没有做到，想做的事情拖拖拉拉，一边顾家里，一边想摄影，这样下去还没做出什么自己就被内耗空了。我决定了，这两年就安安心心做工作室，好好拍作品，假期回家就全身心地对家人好，但一定要有一个重心。它可以转移，但不能没有。不然我什么也做不成。其实，我知道自己现在帮不上家里什么忙，但我想尽快过得好起来。我之前很抵触拍的一些摆拍现在也接了，首先要活得好，才能让家人放心，也能尽力让他们过上好的生活。我不想其他，只想让家里人都幸福。”

“总理”的生活并没有发生质变，味道依旧清淡得像白水。但她找到了自己近期为之努力的方向，工作室还算顺利，拖延症不药而愈。

前段时间我给“总理”打电话，聊起她创业初期的事。她很坦率地讲：“其实我也不知道怎么跟你说明我那时候的情况，就是一直处在压抑的状态，敏感又悲观，极度情绪化，很没安全感。但每天又都处在没钱没活儿的压力中，那两个月，头发掉得吓人。每天不管睡多晚，六七点就会醒。混混沌沌的状态和压抑的情绪让我做什么都没效率。我和身边的人要么是没精打采地说话，要么争吵，相处变得很辛苦。我心里有很多负面的情绪冒出来，轻而易举地打败我，甚至让我一次次有了放弃的念头。但我并没有想放弃，那只会让我更没有办法面对以后的生活。”

我很难想象，“总理”是怎么从那样的情绪里解脱出来的，但我知道她打球发泄，继续拍照，坚持做自己想做的事情，从没有真正想过放弃。也许，这些就足够了。

很多时候，我们觉得人生是没有办法选择的。但事实上我们可以，可以选择自己到底要过什么样的生活，即使泥足深陷，也要奋力摆脱，然后找到自己内心的一阵风，让它把你带到天上。

图书在版编目（CIP）数据

努力，是为了不辜负自己 / 沈十六著. — 青岛：青岛出版社，2016.1
ISBN 978-7-5552-3194-3

Ⅰ. ①努… Ⅱ. ①沈… Ⅲ. ①散文集－中国－当代
Ⅳ. ①I267

中国版本图书馆CIP数据核字（2015）第264801号

书　　名 努力，是为了不辜负自己
作　　者 沈十六
出版发行 青岛出版社
社　　址 青岛市海尔路182号（266061）
本社网址 http://www.qdpub.com
邮购电话 010-85787680-8015　13335059110
0532-85814750（传真）　0532-68068026
责任编辑 杨　琴
选题策划 杨　琴　颜小欣
封面设计 千　千
版式设计 刘丽霞
印　　刷 北京市平谷县早立印刷厂
出版日期 2016年1月第1版　2016年1月第1次印刷
开　　本 32开（880mm×1230mm）
印　　张 8.5
字　　数 150千
书　　号 ISBN 978-7-5552-3194-3
定　　价 36.00元

编校质量、盗版监督服务电话　4006532017　0532-68068670
青岛版图书售后如发现质量问题，请寄回青岛出版社出版印务部调换。
电话：010-85787680-8015　0532-68068629